AU NOM DU PÈRE

Conseiller pour l'édition

PIA DAIX

TRACY CHAMOUN

AU NOM DU PÈRE

JCLattès

A la mémoire de mon père bien-aimé, Dany Chamoun, de sa femme, Ingrid et de mes deux frères Tarek et Julien, ainsi qu'à celle de tous les martyrs libanais et de leurs familles.

A mon mari, Fred Bonner, qui m'a soutenue dans ma souffrance et qui me donne tous les jours l'espoir d'un avenir rempli de bonheur et de foi.

A ma mère, Patti Chamoun, qui a toujours été une source d'amour, de force et d'appui dans ma vie.

A mon amie, Pia Daix, sans qui je n'aurais pu écrire ce livre et qui a eu le courage de marcher côte à côte avec moi.

A Tamara, ma sœur, à qui je souhaite un avenir rempli de soleil, de bonheur et d'amour.

Le bonheur a marché côte à côte avec moi
Mais la fatalité ne connaît point de trêve :
Le ver est dans le fruit, le réveil dans le rêve,
Et le remords est dans l'amour : Telle est la loi
Le bonheur a marché côte à côte avec moi.

Paul VERLAINE, *Poèmes Saturniens, Nevermore.*

I

Tout est resté confus pendant si longtemps...

J'ai tant de mal à me souvenir de ma vie que j'ai l'étrange impression de ne jamais avoir été là.

J'ai toujours été sous l'emprise des émotions, de la colère, de la douleur et de la peur. Hier encore, j'en voulais à tous ceux qui m'avaient soumise, dès mon plus jeune âge, à la violence de la guerre et donnaient à ma vie des orientations que je ne pouvais maîtriser. Je souffrais de voir tout ce que j'aimais disparaître ou être détruit devant mes yeux : mon pays dévasté, mes amis tués, mes maisons démolies, mon patrimoine envolé et dispersé. Après avoir été condamnée à subir une horreur que nul ne peut imaginer, j'étais terrifiée et je me sentais perdue. Je ne savais plus à quelle valeur me rattacher pour continuer à vivre.

Pendant des années, ma vie a été dénaturée par la réalité de la guerre qui faisait rage autour de moi. Je vivais dans un état second, sans savoir comment me délivrer de l'incertitude et de la violence, souhaitant seulement un retour à ces heures où la paix et l'harmonie régnaient sur le Liban.

Les Libanais ont vécu chaque jour dans l'espoir que le calme reviendrait, mais nous n'avons jamais pris nos responsabilités pour « faire la paix ». Nous n'avons su faire que la guerre.

Nous étions tellement pris dans le flot des derniers événements, du chagrin, de la perte des proches et de la confusion, que nous ne pouvions ressentir autre chose que des émotions d'une violence extrême : seule leur intensité prouvait que nous étions encore en vie. Nous avons laissé la guerre, dans toute son absurde brutalité, nous submerger. Jusqu'à en oublier qui nous étions et, pis encore, ce que nous voulions être.

La guerre au Liban a atteint des paroxysmes parce que la vengeance est devenue la raison de vivre d'une nation tout entière. Si un Chrétien mourait, alors deux Musulmans étaient tués et ainsi de suite. Le pays plongea dans l'autodestruction. Personne n'avait la sagesse de rompre cet enchaînement infernal. Il eût fallu y prendre part ou renoncer à s'y laisser entraîner.

Pendant ces quinze années de guerre, nous n'avons jamais compris que notre haine engendrait la haine. Lorsque nous agissions, poussés par la vengeance, nous suscitions l'esprit de revanche. Lorsque nous étions terrorisés, nous provoquions justement ce dont nous avions si peur. Nous ne sommes que le miroir de nos émotions...

Ma vie n'a été qu'un combat contre la souffrance. La première douleur survint avec la guerre et la découverte des soudains bouleversements de mon univers. La deuxième blessure fut due aux trahisons dont je fus victime. La dernière souffrance est née une fois de plus de la soudaine intrusion de l'extrême violence dans ma vie, avec l'assassinat de mon père, de sa femme et de mes demi-frères.

Mon père a été sauvagement assassiné le 21 octobre 1990. J'avais vingt-neuf ans.

12

Parfois, j'ai l'impression de n'être encore qu'une enfant. Je n'ai pas de référence au temps, mes souvenirs sont confus, mais je peux distinguer quatre étapes dans ma vie.

Dans la première, je suis une petite fille qui grandit au Liban, entourée de sa mère et son père, de ses grands-parents et de cousins, passant son temps à découvrir le monde à travers ses yeux émerveillés. La deuxième débute le jour où la guerre éclate, les combats commencent et s'installent pour longtemps. Je fais connaissance avec un monde bouleversé dans lequel la torpeur devient la norme. La troisième étape est celle de la confusion. Je suis dans le néant, je me transforme pour appréhender le monde de façon radicalement différente ; c'est une période d'aliénation et de rédemption où je connais un bouleversement total de mes valeurs. Aujourd'hui, je suis dans un monde nouveau, un monde où je suis seule responsable de mes actes, dans lequel je semble m'accommoder du chaos, consciente que les jours qui passent ne font que préparer le terrain pour les grandes leçons de la vie encore à venir.

La vie vous prépare à vivre : les petits incidents annoncent souvent les grandes ruptures. Je reconnais que bien des choses m'ont indirectement préparée à affronter les grands bouleversements de mon existence. Tout ce que j'ai pu faire pendant les trois dernières années pour essayer de me trouver un nouveau « moi », moins inconstant, moins effrayé et plus ouvert à Dieu et à la foi, fut primordial pour me préparer à supporter la violence et la brutalité de la mort de mon père. Souvent, force me fut de constater que, lorsque Dieu prend d'une main, il donne de l'autre. Ce principe ne s'est jamais démenti ; il semble toujours y avoir un semblant de cohérence dans le chaos du monde. Mes deux petits frères, assassinés le même jour que mon père, n'auraient pu survivre à ce traumatisme sans en être marqués à jamais. Ma sœur, seule survivante, est bien trop jeune pour être irrémédiablement blessée par cette tragédie.

Je regarde ce nouvel être, cette petite fille qui ne connaîtra jamais sa mère ni son père, mon père. Quel poids va-t-elle porter ? une vie innocente et déjà accablée par la violence... Je me demande ce qui est le mieux : ne pas savoir ou, comme moi, être prisonnière d'une existence remplie de douleurs ?

Parfois, je me sens maudite par mon héritage. Il est très difficile de concilier la richesse de l'expérience et les peines qui l'accompagnent. Le fossé qui sépare mon passé de mon présent est un gouffre sur lequel je ne peux jeter de pont. La voie tracée, qui m'a menée irrémédiablement de ce que je fus à ce que je suis, me laisse l'impression que l'on m'a volé ma vie. Je sais qu'il y a finalement un sens à tout cela si je réussis à rester en retrait et à croire que Dieu sait ce qu'Il fait. Il est pourtant difficile de se rappeler qu'il faut laisser les choses aller et se reposer sur sa foi. Lorsque j'y parviens, j'en suis toujours récompensée et la vie redevient alors supportable.

Pendant très longtemps, mes sens ont été trompés par la guerre, la violence et la destruction. Aujourd'hui, je dois admettre cette dure réalité : le pays où je suis née est dévasté, le patrimoine de ma famille détruit.

J'ai répondu à ces drames successifs par l'inconscience, la colère, le mensonge, la résignation et enfin le pardon. Ce récit est celui de mon chemin spirituel dans le chaos et la confusion d'une vie tout à la fois enchantée et maudite.

J'ai peu de bons souvenirs. La plupart sont assombris par la férocité des événements. Les images les plus apaisantes sont celles de ma grand-mère Zelpha et du temps passé naguère dans notre maison familiale, « Saadiyat », au sud du Liban. Cette maison n'existe plus. Elle fut détruite par les Palestiniens au début du conflit lorsqu'ils massacrèrent la population de Damour, un village chrétien proche de chez nous.

La maison était construite en bord de mer et, lorsque le temps était frais, l'odeur de la mer se mêlait aux parfums enivrants des bougainvillées. Quand le jour pâlissait, que le soleil se laissait couler dans la mer, une douce brise se glissait par les larges baies vitrées et soulevait les rideaux de soie comme s'ils étaient des voiles. La maison, avec son jardin s'étirant jusqu'à la plage et l'horizon, semblait flotter sur la mer.

Ma grand-mère était une femme superbe et formait un très beau couple avec mon grand-père, Camille. Pendant son mandat présidentiel, de 1952 à 1958, ils avaient une allure magnifique.

Parfois, mes parents m'autorisaient à passer la nuit à Saadiyat. Le matin, ma grand-mère me laissait prendre place à côté d'elle pendant qu'elle s'habillait. Elle était distinguée, élégante, et d'une grande dignité. Malgré sa petite taille, elle était vigoureuse, courageuse et en même temps pleine de charme. Sa douceur était touchante et c'était sa seule arme dans ce Moyen-Orient dominé par les hommes.

Toute la maison était empreinte de sa présence. A cette époque, elle était remplie d'enfants et nos rires résonnaient, insouciants et communicatifs. Mes cousins et moi pensions que cet endroit était le centre du monde. L'été, la famille se réunissait chaque

15

dimanche. Nous passions une journée paisible, bercés par la douceur et la beauté du paysage. Ce jour-là, ma grand-mère préparait toujours un délicieux déjeuner, dont le « Kebbe Bil Saynieh », traditionnellement servi le dimanche, était le plat principal ; une pleine assiette de mouton haché, avec des pignons de pin, à déguster avec du yaourt. Mon grand-père s'asseyait à un bout de la table et ma grand-mère à l'autre. Un grand Soudanais nous servait avec grâce et respect. Les cicatrices sur ses joues, marques de sa tribu, évoquaient ses origines exotiques. Parfois, les enfants s'installaient à une autre table et les domestiques surveillaient nos bonnes manières.

Lorsque j'eus dix ans, ma grand-mère Zelpha tomba gravement malade. Elle avait un cancer. Sa mort fut lente et effroyable. J'appris par ma mère que la maladie était incurable mais que Zelpha ne savait pas qu'elle lui serait fatale. Je lui rendais régulièrement visite. Les dimanches ne furent plus jamais les mêmes. La maison fut enveloppée dans le silence et le chagrin. Il y avait des moments où elle était en pleine forme et d'autres où elle gisait sur son lit, presque inerte, mais s'efforçant de sourire à ses petits-enfants. Son corps se décomposait malgré elle, incapable de lutter.

Un jour, alors que je lui rendais visite et qu'elle se sentait un peu plus vaillante, elle voulut me récompenser de la façon dont je m'étais conduite la semaine précédente et notamment d'avoir été chez le dentiste, ce dont j'avais horreur. Elle se leva. Sa frêle ossature la soutenant à peine, elle se dirigea avec difficulté vers l'armoire de sa chambre dans laquelle elle fureta un moment puis se releva tenant triomphalement au creux de sa main un médaillon en or. Elle me le tendit. C'était un cadeau d'Eva Peron.

Pendant ces semaines, mon grand-père fut comme un lion en cage. Malgré tout son pouvoir, il était démuni face à la maladie de sa femme. Ne pouvant s'y résoudre, il se battit jusqu'au dernier souffle. Mais ce combat était inutile ; à chaque répit succédaient des rechutes plus graves encore, jusqu'au jour où elle put enfin reposer en paix.

Ma mère entra dans ma chambre un matin et m'annonça que ma grand-mère nous avait quittés. C'était la première fois que je perdais quelqu'un qui m'était cher. Mes parents ne me permirent pas de voir son corps pendant la veillée. Le jour des funérailles, rentrant du cimetière avec le fidèle chauffeur de mon grand-père, Naïm, qui fut assassiné cinq ans après, je crus la voir au-dessus de la voiture, flottant dans une superbe robe de soie rose. Je criai à Naïm : « Regarde, Teta est là » (c'est le nom que l'on donne aux grand-mères en arabe). Je lui répétais : « Regarde, regarde là, là dans le ciel juste au-dessus de la voiture. » Il souriait et resta muet. Je ne pense pas qu'il m'ait cru, il ne savait simplement pas quoi répondre.

Tout le pays se rendit à son enterrement. Une file de gens et de voitures s'étendait à travers toute la région. Toutes les routes d'accès à Deir El Kamar, où se trouve le caveau familial et où reposent aujourd'hui mes grands-parents, mon père, Ingrid et mes frères, étaient encombrées. Les condoléances nous parvinrent pendant deux semaines. Nous passâmes des heures à serrer des mains de milliers d'anonymes. Mon grand-père s'acquittait de son devoir avec solennité.

Nous, nous passions notre temps à servir un nombre incalculable de tasses de café turc à ces gens qui venaient exprimer leur tristesse et leurs respects. Les femmes s'asseyaient dans la pièce où ma mère et ma tante recevaient leurs condoléances, beaucoup pleuraient à chaudes larmes. Les hommes s'installaient dans une autre pièce, égrenant tristement leur chapelet, dodelinant de la tête, en écoutant et regardant mon grand-père.

Aujourd'hui, quand je regarde la photo de Zelpha, la tristesse m'envahit. C'est elle, en grande partie, qui incarnait les vertus de ma famille. Elle était tendre, attentionnée et toujours soucieuse de nous, pensant toujours aux autres avant de songer à elle. Sa mort lui épargna la souffrance de voir la famille se disloquer, la mort de ceux qu'elle aimait, la destruction de ce pays qu'elle chérissait tant.

Beaucoup s'en souviennent, la regrettent toujours et pensent qu'elle aurait peut-être pu atténuer les forces les plus violentes qui se sont déchaînées chez ses proches. Je ne sais pas si elle aurait supporté de voir la terreur et la trahison devenir les marques de son pays.

La maison de Saadiyat n'est plus qu'un amas de ruines. Ce qu'il en reste est une part de l'héritage que mon père nous a laissé, à ma sœur et moi. Parfois, je ressens l'envie de la restaurer telle qu'elle était au temps de sa splendeur, d'entendre les rires y résonner une fois encore et la sentir revenir à la vie, avec ses couleurs et ses parfums. Saadiyat fut notre première maison à être détruite. Après elle, toutes celles où nous passâmes disparurent. Pendant dix ans, j'habitais des lieux successifs. Peu à peu, nous avons perdu tout ce qui nous appartenait. Le 7 juillet 1980, même notre maison de Safra, au nord de Beyrouth, fut le théâtre d'un massacre sanglant avant d'être dévastée par le feu.

La guerre éclata en 1975, un jour de grande canicule. J'étais à la plage avec des amis. Nous avions l'habitude de skier ensemble l'hiver et de lézarder sur la plage en été. Soudain, quelqu'un arriva et annonça qu'un bus transportant des Palestiniens avait été attaqué par un groupe de Chrétiens, qui, appliquant ainsi la loi du Talion, vengeaient le meurtre de plusieurs « Kataëbs » perpétré précédemment, lors d'un service religieux.

A cette époque, je n'avais pas la moindre idée de ce qu'étaient des « Kataëbs ». Quelqu'un m'expliqua qu'ils appartenaient à la famille Gemayel et que Pierre Gemayel, le patriarche, les avait réunis dans un genre de milice qui ressemblait à ce qu'il avait vu des jeunesses hitlériennes aux Jeux olympiques de 1936. C'était un groupe de Chrétiens d'extrême droite.

J'étais au courant de la présence des Palestiniens. C'était inévitable, leurs camps disséminés autour de la ville nous rappelaient constamment leur souffrance. Je savais aussi que mon grand-père avait défendu leur cause auprès des Nations Unies afin que l'on reconnût leur État. Toutefois, comme tous ceux de ma génération, je ne m'intéressais pas du tout à la politique.

Encouragés, voire forcés à évacuer le pays en laissant derrière eux leurs maisons et tout ce qui leur appartenait, la première vague de Palestiniens entra au Liban en 1948 lorsque leur terre devint un asile pour le peuple juif. Ceux qui ne voulurent pas partir de leur plein gré furent chassés *manu militari*. Ils se dirigèrent vers les pays arabes avoisinants et cherchèrent tout d'abord refuge en Jordanie et au Liban.

Après la naissance d'Israël, le Liban accueillit environ 200 000 réfugiés palestiniens. En Jordanie, leur présence entraîna des émeutes qui menacèrent le roi. Il se hâta de faire expulser les principaux militants qui s'enfuirent vers la Syrie et le Liban. En septembre 1971, une deuxième vague de militants palestiniens arriva dans notre pays. Ils étaient armés jusqu'aux dents, équipés de tanks, d'artillerie et de matériel militaire en tout genre. Ils étaient déterminés à créer un nouvel État et à être ainsi libres de reconquérir militairement, à partir du sol libanais, leurs terres attribuées à Israël.

Les Palestiniens organisèrent une résistance armée et, au début, le gouvernement libanais ferma ses yeux corrompus sur les nombreuses armes qui entraient dans le pays. Les forces palestiniennes commencèrent à infiltrer nos infrastructures politiques, et en 1969, puis en 1973, l'armée libanaise dut intervenir pour mettre fin à leur comportement belliqueux.

Les officiers palestiniens avaient été formés en URSS, ils étaient surarmés et prêts à combattre. Tous les camps de réfugiés disséminés autour de la capitale, initialement calmes, devinrent de véritables arsenaux et forteresses, regorgeant des derniers modèles d'armes soviétiques. Ces camps servirent aussi de base pour tous les activistes internationaux.

En 1974, les militants palestiniens de plus en plus nombreux se firent très agressifs envers la population libanaise et notre armée n'eut bientôt plus les moyens de s'opposer à eux. Composée de Musulmans et de Chrétiens, elle se disloqua, les Musulmans refusant de se battre et de tuer leurs frères palestiniens. Le différend religieux entre Chrétiens et Musulmans s'accrut et les Palestiniens utilisèrent cette situation pour diviser la nation.

Puis vint le jour tragique du 13 avril 1975, lorsque les Palestiniens attaquèrent une église et tuèrent les gardes du corps de Gemayel. Ils avaient irrémédiablement tourné leurs armes contre les Chrétiens du Liban afin de s'emparer du pays.

Ce jour-là, sur la plage, nous avons rassemblé nos affaires et nous nous sommes dit au revoir. Ce fut la dernière fois que mes amis et moi passâmes une journée ensemble. Quelques mois plus tard, nous fûmes à nouveau réunis, lorsqu'un de nos amis, George Haddad, fut abattu par un franc-tireur. Nous sommes maintenant éparpillés dans le monde entier et avons perdu tout contact.

La guerre commença à cet instant précis et ce fut le point de départ d'un engrenage qui allait bouleverser irrémédiablement notre monde. J'ai compris que le changement est souvent le résultat d'un long processus, on le sent planer dans l'air pendant un moment puis, soudain, il arrive. Les destins sont bouleversés à jamais par l'unique choix d'un individu. Nous devons être responsables de nos vies, en commençant par réfléchir à chacun de nos actes. Si nous pensons à leurs conséquences sur nous-mêmes, alors, tout naturellement, nous penserons à leurs effets sur autrui.

En ce mois d'avril 1975, personne ne croyait que la guerre était là. Nous appelions ces accrochages des « rounds », premier round, deuxième round, etc., en espérant que les problèmes finiraient par se régler d'eux-mêmes. Quelques mois plus tard, quand vint le quatrième round, une page d'histoire fut tournée mais aucun d'entre nous ne s'en rendit compte. Aujourd'hui encore, plusieurs années après, les Libanais ne cherchent toujours pas les solutions en eux mais attendent que d'autres les leur offrent, les Américains, les Syriens, les Israéliens, les hommes politiques libanais, l'armée, l'argent, les armes... Nous n'avons toujours pas compris qu'il faut commencer par nous changer en modifiant nos comportements envers les autres; nous continuons à nous entre-déchirer pour le pouvoir et nous nous trahissons les uns les autres sans aucun sens moral ou éthique.

Depuis ce jour marqué par le destin, ma vie ne fut plus jamais la même. Je découvris que mon grand-père avait lui aussi fondé une milice, «les Tigres», qui devint bientôt partie intégrante de ma vie quotidienne. Désormais, lorsque je m'éveillais le matin, la maison était pleine de ces hommes. Les fusils devinrent des objets familiers dans la maison et on trouvait partout des armes automatiques, dans les voitures, les chambres et entre les mains des jeunes combattants.

Au début, tout cela me parut excitant et même passionnant. La maison était pleine d'hommes jeunes et beaux qui se retrouvaient chez nous pour manger et se reposer. Avec mes amies, nous faisions du café et préparions les repas, puis nous nous installions autour d'eux pour les écouter raconter leurs exploits héroïques sur le front. Les combats faisaient rage d'un côté à l'autre de la ville. Les milices chrétiennes contre les commandos palestiniens et les forces de l'armée druze et musulmane. Tous les jours de nouveaux cessez-le-feu étaient annoncés, mais aucune faction ne voulait vraiment en finir. Le pays était à la dérive et les dirigeants exprimaient leur haine et leur rancune. Des myriades de groupes politiques et confessionnels se formaient et s'entre-tuaient. Les bombardements étaient intenses. En une nuit, je comptai jusqu'à 3 000 tirs de missiles. Nous portions nos matelas dans l'entrée de l'immeuble et dormions sous le réservoir d'eau. Les explosions étaient incessantes.

Je ne pense pas avoir eu peur. Jamais il ne m'a semblé que je pouvais mourir dans ces explosions.

Malgré la proximité, elles paraissaient abstraites. Lorsqu'elles s'approchaient, je n'étais pas rassurée mais je ne les associais pas à la mort. Bien des années plus tard, cette impression demeure. Une nuit, je fus éjectée de mon lit par le souffle d'une bombe. C'était si proche que j'eus l'impression que mon cœur avait éclaté dans ma poitrine. J'en fus plus exaltée qu'effrayée. C'est ce qu'on appelle l'excitation de la guerre.

Les bombardements duraient toute la nuit et, lorsqu'ils cessaient, un silence surnaturel s'installait, comme je n'en ai entendu qu'au Liban. Mais des explosions sporadiques et lointaines le rendaient menaçant.

Au début des combats, je continuais à me rendre à l'école quand le cessez-le-feu le permettait. Puis cela devint trop dangereux. Un jour, le bus fut arrêté à un point de contrôle tenu par les Palestiniens. Un homme qui portait le foulard de l'OLP grimpa dans le car et harcela le chauffeur. J'étais assise à l'avant et j'entendis l'homme demander notre itinéraire et notre destination. Il était agressif et il est clair qu'il cherchait à obtenir une compensation avant de nous laisser passer. Le chauffeur, paniqué, ne savait que faire et, soudain, peut-être pour défier cet homme qui le menaçait de son arme, il me montra du doigt et lui dit : « Vous feriez mieux de nous laisser tranquilles, c'est la petite-fille de Camille Chamoun », comme si cette phrase pouvait avoir le même effet qu'une gousse d'ail sur un vampire. J'ouvris la bouche, ma gorge se serra, je me disais intérieurement : « C'est idiot, maintenant cet homme armé va me prendre en otage. » Le Palestinien me regarda et, à ma grande surprise, il rit. Il refusait de croire le chauffeur. J'étais trop blonde et il lui fit remarquer qu'il était plus probable que je sois la petite-fille du président des États-Unis. Sur ce, il nous laissa repartir mais je compris ce jour-là que mon nom était plus un handicap qu'un avantage.

Ces incidents se multiplièrent au fur et à mesure que la guerre s'intensifiait. C'était l'ébauche de tous ces enlèvements qui sont, depuis, devenus le symbole de la guerre du Liban.

Traverser la ville devenait risqué car nous savions qu'à tout instant un barrage pouvait être mis en place et les enlèvements étaient une menace quotidienne. Le jour où je suis allée à l'école pour la dernière fois avant sa fermeture définitive, le bus fut pris dans une fusillade sur le chemin du retour. Le chauffeur, affolé, nous ordonna à mon amie et moi de descendre au carrefour suivant, refusant de s'aventurer sur la route qui menait au bureau de ma mère. Il estimait que c'était trop dangereux. Avec mon amie Kiko, nous nous sommes retrouvées, là, perdues dans cette avenue déserte, suffoquant dans la fumée noire qui se dégageait de pneus en flammes. Parfois, nous entendions des cris et nous apercevions des hommes qui couraient, armes à la main. C'était terrifiant. Nous avons détalé aussi vite que possible vers un abri et trouvâmes refuge dans le hall de l'immeuble. Heureusement, l'un des chauffeurs musulmans de ma mère était encore là et nous ramena saines et sauves à la maison. Après cet incident, je ne m'aventurai plus de l'autre côté de la ligne de démarcation, la « ligne verte », séparant la zone chrétienne de la zone musulmane. C'est depuis ce moment que le Liban cessa d'exister en tant que nation homogène.

II

Les premiers jours de la guerre furent relativement calmes, comparés aux années noires qui suivirent. Au cours de ces journées, il y avait encore un semblant d'ordre, un reste de civilisation, une parodie à laquelle nous pouvions encore croire. Puis vint le temps où les instants de paix se firent toujours plus rares; l'anarchie et le chaos s'installèrent dans le pays. Chaque acte de violence se mesurait au précédent, chaque mort semblait enregistrée sur un sinistre livre de comptes. Les destructions succédaient aux dévastations, les ruines s'amoncelaient. Les immeubles étaient détruits, reconstruits, puis à nouveau détruits, bombardés par des factions différentes au fur et à mesure que la zone où ils étaient situés changeait de mains. Dans les premiers mois, Beyrouth et sa banlieue furent le théâtre de grands mouvements de populations, chacun cherchant refuge dans les quartiers où sa religion était majoritaire.

C'était le règne du « chacun pour soi », où apparaissaient les instincts les plus bas de la nature humaine. Il n'existait plus de limites à la convoitise et à la cupidité.

La destruction ou la violation gratuite des biens d'autrui en étaient les manifestations. La première victime de cette anarchie triomphante fut le « vieux souk de l'or » au cœur de Beyrouth, un centre de commerce et d'échange. Il fut pillé et entièrement brûlé. En fait, les butins de guerre finançaient la guerre et bientôt apparut une nouvelle race d'opportunistes et d'entrepreneurs qui exploitaient la détresse des autres par le racket, la menace ou la dénonciation.

Ma vie bascula de façon presque trop naturelle. Je me levai un matin et découvris une quantité de fusils dans le couloir de notre appartement. J'entendais des voix dans le salon en face. J'étais en chemise de nuit quand soudain je me suis trouvée face à une dizaine d'hommes en tenue de commando. Je me sentais ridicule quand ils s'arrêtèrent tous devant moi pour me saluer. Je n'avais pas le choix : je dus serrer la main à chacun, bredouillant quelques excuses gênées au sujet de ma tenue. Je me retirai rapidement dans la cuisine et ils s'installèrent de nouveau au salon, continuant à boire leur café.

A compter de ce matin de 1975, notre maison ne désemplit pas. La sonnette du portail retentissait dès 6 heures et les visiteurs prenaient un café en demandant à mon père ce qu'il pensait des derniers événements. Puis ils partaient avec lui. Vers 18 ou 19 heures, mon père rentrait à la maison, souvent accompagné de plusieurs personnes. Certains restaient dîner, les autres partaient retrouver leur femme et leurs enfants, jusqu'au lendemain matin. Cela dura quinze ans. Les derniers visiteurs que mon père reçut arrivèrent à 6 h 30 et, avant de repartir, lui ôtèrent la vie.

Le jour où les fusils entrèrent dans ma vie, je demandai des explications à ma mère. Je ne savais pas qui étaient ces hommes. Elle commença par me dire que je n'irais pas à l'école ce jour-là car les routes étaient trop dangereuses. Quant à ces hommes, m'expliqua-t-elle ensuite, c'étaient des « Tigres », membres de la milice de mon grand-père. Je ne les avais vus qu'une seule fois en opération, un jour où ils s'entraînaient quelque part au sud du Liban. J'étais allée là-bas avec mon père mais je n'avais alors pas vraiment compris ce qui se passait.

Pendant de nombreuses années, notre maison fut le quartier général de ces combattants. Ils venaient y manger, voir mon père, confronter leurs points de vue, panser leurs plaies, présenter leur fiancée, montrer leurs enfants... Notre maison était en quelque sorte devenue la place principale du village.

Pendant ces premiers mois, je rencontrai tous les membres fondateurs des Tigres. Ils n'étaient encore qu'une poignée, peut-être une centaine. Ces jeunes hommes furent les premiers à être tués ou blessés dans les combats qui suivirent.

Au début de la guerre, les combats fascinaient les adolescents comme moi. C'était l'extraordinaire qui entrait soudain dans nos vies quotidiennes et cela nous excitait. Les milices faisaient la loi. Des jeunes gens de tous bords se jetaient à corps perdu dans le combat. Ils se battaient généreusement pour des idéaux tels que la défense de leur pays ou la protection de leur maison et de leur famille. Ils étaient surtout armés de courage. Plus tard les batailles allaient devenir des massacres systématiques, toujours plus sanglantes, plus impitoyables, plus haineuses.

J'avais quatorze ans quand le monde qui m'entourait bascula dans l'obscurité. Pour moi, la guerre, c'était avant tout la fin de l'école, ce qui ne présentait pas que des inconvénients. Malheureusement, il n'y avait rien à faire, nulle part où aller. Jouer dans les rues était trop dangereux. Mes amis ne pouvaient plus traverser la ville et me rendre visite; les lignes téléphoniques étaient souvent coupées. La guerre devint un jeu de patience. Il fallait attendre, attendre les solutions militaires ou politiques, attendre que les bombardements commencent ou s'arrêtent, attendre les nouvelles.

Les premiers bombardements furent pour nous une expérience si nouvelle qu'elle nous stimulait. Puis les jours passaient et les bombes ne cessaient de tomber, les explosions devinrent déchirantes et angoissantes. Le sifflement des obus à lui seul nous terrorisait.

Pendant ces années, j'ai vécu dans un état second, incapable d'envisager l'avenir. L'atmosphère à la maison était tendue, les bombardements incessants. La précarité de notre situation et la peur de voir mon père si dangereusement exposé dans tous les combats m'obsédaient.

Je ne supportais pas d'être enfermée chez moi. La frustration était plus grande encore quand je voyais partir mon père en mission. Mais il était inconcevable qu'une jeune fille puisse accompagner les hommes dans leur sortie de reconnaissance.

A cette époque, notre appartement était situé sur la « Ligne verte », au milieu des feux des deux camps belligérants. Comme je n'avais pas le droit de sortir, je restais parfois sur le balcon, pour entrevoir les combats et les explosions. Avec mes amis, nous comptions les tirs de roquettes et de mortiers. Nous regardions avec étonnement le ciel zébré d'éclairs et les lumières multicolores qui déchiraient la nuit. Nous étions devenus experts dans l'analyse des bruits, reconnaissant au son l'obus qui s'approchait de celui qui s'éloignait.

De l'appartement, je voyais souvent des hommes

masqués, armes à la main, dissimulés dans l'ombre des immeubles, qui menaient leurs combats de rues en bas de chez nous. Un jour, me penchant un peu trop au balcon, un homme me vit et tira une rafale d'arme automatique dans ma direction. Les balles sifflèrent à mes oreilles et je me reculai précipitamment. Mon père qui avait entendu les détonations se précipita et me traîna dans la pièce en criant. Il retourna à l'angle du balcon et hurla des insultes à l'homme qui continuait de tirer. Mon père n'avait jamais peur, il n'avait aucun sens du danger.

Un jour, il se lasssa de m'entendre le supplier et il me laissa l'accompagner. Il y avait eu de graves troubles la nuit précédente dans le quartier chrétien de Ein El Remmaneh. Une femme chrétienne enceinte avait été sauvagement assassinée par un groupe de Palestiniens. Ils l'avaient éventrée, arrachant le fœtus pour le poignarder contre un arbre. Le mari, fou de douleur et de haine, avait attrapé une Palestinienne au hasard et s'apprêtait à la tuer quand des hommes de mon père avaient surgi. Ils avaient embarqué la jeune femme et la gardaient enfermée pour décider de son sort.

Nous arrivâmes ce matin-là au milieu d'une discussion enflammée entre ceux qui voulaient la tuer sur-le-champ et ceux qui souhaitaient attendre l'avis de mon père. Le climat de haine envahissait l'atmosphère. Cette pauvre femme fut traînée dehors. Elle ne pouvait presque plus voir tant elle avait été durement frappée. Le besoin de vengeance coulait dans les veines de ces hommes. Mon père prit la jeune Palestinienne fermement par la main et signifia à ses hommes qu'il ne tolérerait aucun abus contre des civils, femmes et enfants. Je le revois criant qu'il y avait des limites, qu'elle devait être ramenée indemne parmi les siens.

Le mari de la femme assassinée, furieux contre mon père, ne supportant pas que son chef lui refuse la satisfaction de la vengeance immédiate, pointa son revolver sur son ventre. Mon père faisait écran et la Palestinienne s'agrippait à lui, pleurant et suppliant qu'on la laisse en vie.

Je revois ce revolver. L'homme hurlait et menaçait de transpercer mon père pour tuer la femme. Cet instant est gravé dans ma mémoire, le temps s'était arrêté; il n'y avait plus ni passé, ni avenir. Ce qui arriva ensuite fut trop rapide pour que je puisse le décrire. Je revois simplement l'image de cette arme tombant des mains de l'homme et quelqu'un se jetant sur lui pour le plaquer au sol.

Mon père entra dans la pièce avec la femme et appela un officier pour qu'il la ramène chez elle. Nous partîmes aussi soudainement que nous étions arrivés. Le choix entre la vie et la mort s'était fait à une vitesse incroyable. Mon père sauta dans un char et je le suivis. Nous descendîmes les rues dans un bruit de tonnerre, faisant chemin vers le front où il voulait rendre visite à quelques-uns de ses hommes enfermés dans un bunker.

Le char s'arrêta. Mon père s'extirpa de l'engin et me demanda de le suivre. Je n'hésitai pas une seconde. Lorsqu'il escalada un mur, rampa contre le sol, je fis de même. Il me souriait nerveusement, inquiet de voir si je ferais face à la situation. Les dents serrées, j'esquissai un rictus en guise de réponse. Les balles sifflaient au-dessus de nous. Je fermai les yeux en attendant qu'une balle me touche. Nous arrivâmes enfin jusqu'aux tranchées; le moral des hommes était bon.

C'était vraiment une ambiance d'hommes. Je me sentais toute petite. La pièce était nue et sombre. Les sacs de sable la rendaient poussiéreuse. Les caisses de munitions servaient de sièges et de tables. De vieilles couvertures traînaient sur le sol, parsemées de restes de sandwichs desséchés. Une odeur de poudre et de cartouche flottait dans l'air, ainsi que celle – si caractéristique – du métal. Des années plus tard, je retrouverai cette odeur en pliant les vêtements de mon père, après sa mort.

La lumière filtrait entre les sacs de sable et les rayons de soleil mêlés à la poussière donnaient une étrange impression d'immobilité. Manifestement, c'était un endroit où l'on ne faisait qu'attendre et observer. Je regardai à travers l'une des fentes. Dehors, la rue était déserte, aride et inhospitalière. Le bitume fondait sous le soleil et un feu de circulation sur la ligne de démarcation continuait, comme par défi, à clignoter, passant du vert à l'orange puis au rouge, inlassablement.

L'atmosphère était lourde et le silence pesant. Soudain, il fut déchiré par le bruit perçant de l'explosion d'un obus, immédiatement suivi par des balles s'écrasant dans les sacs de sable qui nous entouraient. Je m'éloignai précipitamment de mon poste d'observation. J'étais livide. Mon père me reprocha de m'être trop approchée du mur extérieur. Je trouvai cette réprimande incongrue : c'était le bunker tout entier qui en était trop proche !

Après cet incident, qui faillit me coûter la vie, mon père décida qu'il était plus sage de me ramener à la maison avant que la situation ne s'aggrave. Nous avons refait le chemin dans le sens invers et regagné le char qui nous attendait à l'angle de la rue.

Ensuite mon père installa un émetteur-récepteur radio à la maison et m'en confia la responsabilité, comme s'il eût voulu m'occuper tout en me protégeant.

31

J'étais chargée de transmettre les messages à mon père et à mon grand-père et d'indiquer leurs localisations aux chefs de la milice. Toutes les voitures étaient équipées de radio. Les téléphones cellulaires n'existaient pas encore et nous avions tous un nom de code : Kojak, 007, Hassan, etc. Le mien « Im El Dahab », « la mère de l'or », m'avait été donné en raison de mes longs cheveux blonds.

Les changements dans ma vie étaient trop surprenants pour que j'en prenne réellement conscience. J'essayais plutôt d'adapter ma vie quotidienne pour faire face aux déferlements de violence. Trop jeune pour en comprendre toutes les implications politiques cependant, je tentais de me tenir informée des différentes factions qui divisaient la nation.

Je trouvais que les hommes politiques libanais de l'époque étaient, d'une façon générale, incapables de faire face aux événements et d'empêcher l'escalade guerrière. Ils étaient trop impliqués. Les Palestiniens et les extrémistes de gauche souhaitaient voir s'aggraver la situation afin de prendre le contrôle du pays. Les Musulmans étaient déchirés entre leur religion et leur patriotisme, ce qui permettait aux autres pays arabes de profiter de cette faiblesse. Les Syriens manipulaient tous les protagonistes en participant, d'une part, aux discussions entre les différentes factions pour le maintien de la paix et, d'autre part, en fournissant des armes et en entraînant les guérillas palestiniennes. Les Chrétiens jouaient eux aussi leur rôle avec leurs groupuscules extrémistes qui voyaient dans la guerre le plus sûr moyen d'obtenir un partage du pays, situation qui aurait parfaitement convenu à leur idéal de ségrégation confessionnelle.

Il me semblait que tous participaient à un jeu de

patience sur des sables mouvants. Mais, en attendant ainsi, ils perdaient peu à peu le contrôle de la situation. Le cours des événements fut tant et si bien manipulé par tous, Chrétiens, Musulmans, Palestiniens, Israéliens, Syriens, que l'infrastructure même du pays, qui avait été bâtie sur ces différents courants, se trouva menacée dans ses fondements et finit par céder.

Ce dénominateur commun qui avait permis la coexistence pacifique de toutes les factions n'existait plus et chaque groupe avait sa propre idée sur l'avenir du Liban. Cela allait du séparatisme au nationalisme en passant par la partition, l'annexion du territoire par les Palestiniens, les Syriens ou les Israéliens. Il y avait aussi toutes les variantes des schémas politiques traditionnels tels que marxisme, socialisme, capitalisme, etc. Tous ces systèmes avaient leurs ardents partisans qui contribuaient, par leur obstination, à déchirer le pays.

Chacun voulait ajouter sa touche dominante au tableau, oubliant que sa beauté résidait dans la variété même de toutes ses couleurs. Le Liban devrait vraiment être considéré comme une expérience unique dans l'histoire de l'humanité. C'était un creuset de religions et de cultures qui avaient réussi à coexister pendant un temps et à prospérer. Ce métissage était la richesse de notre nation. Le Liban est un pont entre l'Orient et l'Occident. A une époque où l'internationalisation et le mélange culturel sont d'une importance vitale pour la survie de l'humanité, avoir essayé de transformer ce pays, avoir nié la richesse de sa complexité, sont les péchés que nous avons tous commis en tentant de nous approprier ce qui ne pouvait nous appartenir.

La constitution libanaise trouvait un équilibre précaire des pouvoirs entre les différentes religions. Cette constitution, unique en son genre, prévoyait que le nombre des sièges à l'Assemblée nationale et les fonctions gouvernementales devaient être partagés entre les différentes confessions. Le président de la République, élu pour un seul mandat, devait être chrétien maronite, les chrétiens étant majoritaires. Nos problèmes ne résidaient pas dans la nature de la constitution mais dans la folle ambition d'individus qui se croyaient au-dessus d'elle.

Le premier obus tiré par les Palestiniens contre notre appartement marqua, pour nous, un point de non-retour. Un des membres éminents de l'OLP, Abu Hassan, soupçonné d'avoir pris part au massacre perpétré lors des Jeux olympiques de Munich et qui devait plus tard être abattu par les Israéliens, appela mon père pour vérifier si nous avions été personnellement touchés par le tir !

Ma mère et moi étions en train de garer la voiture quand nous entendîmes l'explosion au-dessus de nous. En levant la tête, je vis ma grand-mère maternelle, Nana, sur le balcon, qui nous faisait signe de monter très vite. Elle nous raconta plus tard que l'obus était passé sous son nez, entre la balustrade du balcon et le store. Elle l'avait parfaitement vu et avait cru un instant qu'on lui lançait une bouteille.

Nana était une femme remarquable, née en Australie à la fin du siècle dernier. Elle avait survécu aux deux guerres mondiales. Elle avait quitté l'Australie quand ma mère avait dix-sept ans et elles étaient parties toutes les deux en bateau vers l'Angleterre pour que ma mère poursuive sa carrière d'actrice et de mannequin. Ma grand-mère Nana s'était occupée de moi dès ma naissance. Malgré son grand âge, elle avait quatre-vingts ans quand la guerre éclata, elle était toujours active et tenait à prendre part à tout ce qui se passait autour d'elle. Petite fille, j'adorais dormir avec elle. Je collais mon corps contre le sien car j'avais très peur de l'ogre qui mange les petits enfants pendant la nuit. Je pensais qu'en épousant parfaitement la forme de son corps, l'ogre ne verrait alors que la silhouette d'un adulte endormi et m'épargnerait la mort la plus atroce que j'imaginais à cet âge : être dévorée! Inutile de dire que, lorsque ma mère et moi vîmes cet obus exploser si près de Nana – il était tombé chez Lena, ma meilleure amie –, nous fûmes prises de panique. Nous montâmes en courant à l'appartement, lui hurlant de se protéger. A peine étions-nous arrivées que le téléphone sonna, c'était mon père qui voulait s'assurer que nous n'étions pas blessées. L'appel d'Abu Hassan l'avait affolé. Après cette attaque délibérément dirigée contre nous, il envoya quelques-uns de ses hommes pour nous aider à faire les bagages et quitter la maison.

Mon père avait décidé de nous envoyer à la montagne pour que nous soyons en sécurité. Ingénieur dans le génie civil, il avait commencé à construire une station de sports d'hiver à Faqra et voulait nous installer dans un des chalets déjà construits, en attendant que la situation s'améliore. Elle ne s'améliora pas et je ne suis jamais retournée dans notre appartement de Beyrouth. J'étais folle de rage d'être contrainte de quitter la maison où j'avais grandi. Je ne voulais pas partir à la montagne. J'aimais être au cœur des combats et la montagne me semblait trop loin de l'action. Je criais, pleurais, mais mon père resta inflexible. Nous courions trop de risques ici. De par son engagement croissant dans la lutte, nous étions devenues une cible. Ma mère,

Nana et moi avons alors préparé nos valises et sommes parties, laissant notre maison et tout ce qui nous appartenait derrière nous.

Je n'oublierai jamais ce voyage jusqu'aux montagnes. Nous étions toutes trois entassées dans la voiture, avec le chauffeur, un jeune homme pour nous protéger, et le chien. La route était dangereuse – nous devions longer deux camps palestiniens –, il y avait déjà eu de nombreuses victimes prises entre deux feux ou assassinées par des tireurs embusqués.

Nous arrivâmes à un petit pont à l'entrée d'un des camps. Les routes étaient désertes et de nombreux pneus brûlaient, en dégageant une fumée noire. Ce pont était connu comme l'un des points d'embuscade favoris des francs-tireurs et des voitures calcinées qui gisaient dans les fossés apportaient la preuve de la précision de leurs tirs.

Le chauffeur, conscient du danger, nous demanda d'avoir du courage et lança le moteur, il appuya à fond sur l'accélérateur et passa la première. La voiture bondit en avant, dans un crissement de pneus et dérapa jusqu'à l'autre bout du pont où nous fûmes hors de portée d'un éventuel tireur. Pendant ce dérapage insensé, j'ai senti tous les muscles de mon dos se raidir, convaincue qu'une balle aller m'atteindre. Rarement quelques secondes ne m'ont paru si longues mais nous étions sauvés, du moins provisoirement.

Plus nous nous éloignions de la capitale, roulant vers l'enclave chrétienne au nord de Beyrouth, moins j'avais l'impression que le pays était en guerre. Nous n'étions pourtant qu'à quelques kilomètres et seuls des hommes vêtus de l'uniforme de leurs milices, contrôlant les papiers aux différents points de passage, apportaient la preuve qu'il y avait bien une guerre.

Les villages traversés par cette route de montagne ne semblaient pas avoir été atteints par les événements, ni même par le xxe siècle.

La maison dans laquelle nous logions était petite mais confortable. Elle donnait sur les pistes et l'hiver, quand il y avait assez d'énergie pour faire fonctionner les remonte-pentes, j'ai pu skier autant que je l'ai voulu.

J'ai vécu à Faqra pendant un an. Nombre de mes amis avaient trouvé refuge, avec leur famille, dans un proche village, Faraya.

Bientôt, nous avons formé une petite communauté, essayant de nous organiser pour vivre le mieux possible. Les écoles étaient fermées depuis six mois; les plus âgés donnèrent des cours aux plus jeunes, chaque chalet faisant office de classe.

Je n'avais pas vraiment la tête à apprendre les mathématiques et ne rêvais que de combats, de fusils et de batailles. Mon père rentrait tard à la maison, épuisé. Les jeunes gens qui l'accompagnaient étaient, eux aussi, éreintés mais irradiés comme s'ils avaient vécu une journée extraordinaire.

Quand mon père passait la journée à la maison, il était soucieux, accablé par le cours des événements. Ses hommes l'informaient constamment, par le récepteur radio de la voiture, des combats qui se déroulaient. A ses côtés, je l'entendais mener la bataille et donner les instructions de tir.

Tous ces combattants lui étaient entièrement dévoués. Ils l'adoraient et auraient été jusqu'en enfer si tel avait été son vœu. Ce qu'ils admiraient plus que tout en lui, c'était l'incroyable courage dont il faisait preuve sur le front, où il leur montrait l'exemple de la bravoure.

Mon père était né pour commander, il faisait

preuve de grandeur en temps de crise. En ces périodes difficiles, survivre exigeait avant tout des qualités de chef.

La guerre permit à mon père de trouver sa véritable voie. Shakespeare a écrit dans *La Nuit des rois* : « Il en est qui naissent grands, d'autres qui conquièrent les grandeurs, et d'autres à qui elles s'imposent. » Mon grand-père avait conquis sa grandeur, à mon père elle s'était imposée.

Ces changements de style de vie nécessitaient de notre part à tous un effort important d'adaptation. Nous étions devenus un bien public. Les gens nous aimaient ou nous haïssaient. Mon père était adoré ou maudit, et je me heurtais aux mêmes préjugés partout où j'allais. Certains étaient prêts à mourir pour lui et son père, d'autres les auraient volontiers assassinés tous les deux.

J'avais alors quinze ans. Je me sentais souvent dépassée par la vie. Tout changeait si rapidement. Je n'avais aucun point de repère. La plupart des jeunes de ma génération se trouvaient pris dans l'aventure de la guerre. Ailleurs, des adolescents, en mal de sensations fortes, s'adonnaient à l'alcool ou la drogue. Pour nous, chaque jour qui passait apportait une dose, amplement suffisante, d'émotions et de frayeurs.

Comme bon nombre de nos concitoyens, l'anarchie du début nous avait séduits. La police ne surveillait plus rien, les parents ne s'opposaient pas à ce que leurs enfants s'impliquent dans la guerre puisque c'était au nom de la patrie et des grands idéaux. Les écoles ne fonctionnaient plus, il n'y avait plus de discipline. La guerre engendrait un sentiment de toute-puissance. Nous n'étions que des enfants, et pourtant nous nous intéressions à des problèmes politiques essentiels, prenions part à des activités auxquelles en temps normal nous n'aurions jamais eu accès : manier des armes, tirer, jouer avec du matériel de communication, mener des intrigues, faire du trafic d'armes et encore bien d'autres choses normalement réservées aux militaires.

Je voulais prendre une part active aux événements et décidai de suivre un stage dans le camp d'entraînement militaire des Tigres. Mon père accepta. Il pensait qu'il n'était pas inutile que j'apprenne à me défendre et à tirer au cas où j'aurais à nous protéger, ma mère et moi, pendant l'une de ses longues absences.

Nous n'étions que trois filles sur cent vingt stagiaires. Le camp était installé près d'un village dans une carrière cernée de montagnes rocailleuses. C'était l'hiver et les environs étaient tristes. Quelques tentes, froides et inhospitalières, avaient été plantées dans le sol détrempé. Pendant les premières trente-six heures, personne ne nous accueillit et on ne nous donna rien à manger. Ensuite, on nous distribua du pain et des bananes pour le reste de la semaine. Il n'y avait ni eau courante, ni installation sanitaire.

L'entraînement lui-même était brutal et totalement désordonné. Les instructeurs étaient des miliciens plus âgés qui avaient appris à combattre sur le terrain. Ils nous tiraient dessus à balles réelles afin de nous habituer à être au cœur des combats. Nous réveiller le matin en faisant sauter des bâtons de dynamite devant nos tentes était l'une de leurs plaisanteries favorites.

Je ne sais pas comment j'ai pu survivre dans ce camp. C'était l'enfer. J'avais froid, j'étais trempée, sale, fatiguée et misérable, je ne vivais plus que sur les nerfs.

Je rampais dans la boue, me pendais à une poulie au-dessus d'un précipice, démontais des armes avec des doigts engourdis, retirais la goupille d'une grenade et la remettais, tirais au canon, dormais dans une tente qui prenait l'eau, marchais pendant des kilomètres et ne mangeais rien pendant une semaine.

De ces terribles jours, j'ai tiré une leçon : j'étais plus forte que je ne le pensais, mon corps pouvait subir plus de mauvais traitements que je ne l'aurais imaginé et, une fois atteintes ce que je croyais être les limites du supportable, je découvris que je pouvais continuer sans craquer. Pour autant, j'espère ne jamais revivre une telle expérience.

Le camp était géré comme la guerre était menée. Tout était brutal et soudain. Il n'y avait pas un soupçon d'organisation. C'est pourquoi c'était si dangereux. Trop d'irresponsables jouaient avec des armes.

La dernière nuit de l'instruction, les officiers décidèrent de simuler une attaque par surprise pour tester nos réactions. A cette occasion, les trois femmes du camp furent mises à contribution. Chacune de nous avait un rôle précis et le mien était de me précipiter hors de ma tente, à minuit pile, et de tirer en l'air avec un fusil neuf millimètres. Ce n'était pas bien compliqué. A minuit moins cinq, j'étais prête.

Je sortis de la tente en courant, l'arme au poing et dans la nuit noire, je ne vis pas les cordes de la tente. Je trébuchai, tombai en avant et mes doigts se crispèrent sur la détente. La balle partit droit devant sur un des officiers, toucha son képi qui roula à terre.

Bien entendu, l'exercice d'alerte prit immédiatement fin. J'étais pétrifiée de honte et de peur. Quant à l'officier, il se demandait encore s'il devait rire ou pleurer. Entre-temps, tous les hommes, réveillés par la détonation, étaient sortis de leurs tentes et s'étaient regroupés autour de nous, stupéfaits, ne comprenant pas pourquoi j'avais essayé de descendre l'officier. La manipulation d'une arme n'est jamais anodine, il m'a fallu cette bêtise pour en prendre vraiment conscience.

Mes parents ayant trouvé une école,ils m'y inscrivirent dès mon retour du camp d'entraînement. Elle était située en bord de mer, à Jounieh, une ville chrétienne au nord de Beyrouth. En classe, nous étions peu attentifs, trop intéressés par l'évolution de la guerre pour nous concentrer sur nos études. Les garçons les plus âgés nous amusaient en nous racontant des anecdotes du front. Un jour, l'un d'eux nous apporta même dans un mouchoir une oreille qu'il venait de ramasser sur le champ de bataille. Cela nous impressionna terriblement.

Il devint fréquent de voir des cadavres, des corps brûlés ou amputés sur le bord de la route. Le chauffeur du car de ramassage scolaire s'arrêtait chaque jour sur un pont sous lequel les derniers morts gisaient à la vue de tous. Repérer des membres arrachés ou des corps calcinés devint un jeu sur le chemin de l'école. Les enfants plus jeunes sortaient parfois du car pour examiner les corps mutilés, tout en scandant des slogans de guerre.

Je restais toujours dans le car, dégoûtée et indignée devant tous ces cadavres mais aussi désespérée de voir combien nous étions devenus insensibles à la mort. Nous n'imaginions pas que ces corps avaient été habités par la vie, bien loin de nos esprits leurs rires et leurs pleurs. Pour nous, ils symbolisaient ce que l'on nous disait être l'ennemi. En ce sens, nous étions tous les victimes de nos préjugés et de ce que nous considérions comme étant le bien et le mal. La guerre mettait simplement en évidence ces distinctions de façon impitoyable. La joie des enfants à la vue des victimes résultait du processus de déshumanisation auquel aucun de nous ne pouvait échapper : c'était la seule solution pour supporter une barbarie toujours plus grande.

Il devenait de plus en plus difficile de faire la différence entre le banal et l'extraordinaire, puisque tout ce qui arrivait était engendré par la guerre. Ce qui auparavant aurait semblé intolérable devenait ordinaire. Les massacres se succédaient. Dans le village de Damour, comme partout ailleurs dans le pays, des Chrétiens étaient sacrifiés; les Palestiniens étaient eux aussi assassinés dans les camps de Tall El Zaatar, de la Quarantaine et de Debbaye.

Plus le sang coulait, plus la valeur de la vie se dépréciait. On assistait à une partition *de facto* du Liban, dans la mesure où chaque groupe religieux s'appropriait une région pour en faire une zone protégée. C'était le seul moyen de garantir la sécurité des populations, chrétienne ou musulmane, et d'assurer un accès aux routes principales et aux points stratégiques du pays.

Ce n'était pas une guerre comme les autres. Il n'y avait ni frontière ni front. La ligne de démarcation se déplaçait chaque jour, au gré des flux de populations qui abandonnaient leurs villages pour rejoindre les zones plus sûres qui abritaient les leurs. Les Musulmans se regroupèrent avec les Palestiniens et les Druzes à Beyrouth et au sud du pays pendant que les Chrétiens s'installaient en banlieue et au nord du Liban.

C'est à cette période que les Palestiniens lancèrent une attaque massive contre le village chrétien de Damour. Leur objectif était d'expulser la population et de s'emparer de ses biens. Poussés par la haine et la volonté de se venger des expropriations dont ils avaient été eux-mêmes victimes, ils massacrèrent tout le monde.

Prendre Damour était essentiel pour les Palestiniens car sa position leur permettrait de contrôler la route vers la frontière israélienne et de faciliter leurs actions terroristes.

C'était un petit village agricole traditionnel situé à une demi-heure de voiture de Beyrouth, dans le sud du Liban. Nous le traversions en voiture tous les dimanches quand nous allions à Saadiyat. Pour la petite fille que j'étais, traverser Damour signifiait que nous étions presque arrivés chez mes grands-parents. C'était donc un endroit particulier pour moi. En bord de mer il était composé de vieilles maisons libanaises en pierre au toit de tuiles rouges, formant un dédale pittoresque de petites rues. La route passait par un pont, flanqué d'un côté de vertes collines et de l'autre, d'une plage de galets. Chaque dimanche, nous nous arrêtions devant l'une des nombreuses échoppes qui présentaient de superbes étalages de fruits pour y acheter des figues, des pêches, des amandes vertes ou des figues de Barbarie ou toute autre gourmandise que nous apportions pour le déjeuner.

Le siège de Damour dura plusieurs semaines au terme desquelles le village fut mis à sac, ses quinze mille habitants maronites sauvagement assassinés, les femmes violées et tuées. Le fait qu'il abritait bon nombre de fidèles partisans de mon grand-père décupla encore la détermination et la sauvagerie des Palestiniens. Des survivants finirent par chercher refuge à Saadiyat dans la maison familiale. Ils étaient des centaines, plus d'un millier peut-être dormant debout, au sens propre du terme, dos contre dos, car il n'y avait pas assez de place pour qu'ils puissent s'allonger.

Mon grand-père et mon père restèrent avec eux. Le ravitaillement fit vite défaut, provenant le plus souvent, par mer, sur des bateaux de fortune. On les utilisa aussi pour évacuer cette population désemparée, mais le temps se gâta et empêcha les embarcations d'accoster. Mon père et quelques-uns de ses Tigres essayaient en vain de repousser les attaques des Palestiniens, bien plus nombreux qu'eux. La situation devint si tragique qu'une nuit de tempête, mon grand-père embarqua et partit pour essayer de trouver une solution politique. Mon père resta avec quelques hommes pour continuer à repousser les assaillants.

Dans son livre *Crise du Liban*, mon grand-père cite des extraits d'un rapport que le Révérend Père Robert Clément, s.j., envoya au Vatican le 15 février 1976, sur sa visite de Damour après les massacres.

« C'est le désert, la ville est morte : pas une maison intacte, partout des traces d'incendie, toits écroulés, volets arrachés, portes enlevées. Nous traversons le village sans rencontrer âme qui vive. Les cadavres qui jonchaient les rues ont été enlevés, c'est déjà une horreur de moins; dans le village tout n'est que désolation et dévastation.

Nous allons voir l'Église Notre-Dame : elle a été entièrement profanée, le portrait de la Vierge est lacéré, l'autel brisé, les statues sont en miettes; des inscriptions recouvrent les murs, l'étoile du Parti communiste, des slogans palestiniens [...] Et combien de victimes égorgées... A l'Hôpital du Sacré-Cœur, on soigne une fillette de douze-treize ans. Un coup de hache lui a sectionné le bas de la mâchoire. Un de nos professeurs était resté, un des derniers, avec une équipe de secouristes. Il enterre de ses propres mains un enfant de trois-quatre ans découpé en morceaux à la hache. »

Les rescapés du massacre de Damour affluèrent aussi dans l'enclave chrétienne de Jounieh et furent hébergés dans le monastère qui jouxtait mon école. Nos cours étaient continuellement interrompus par le récit de leur douleur. Ils étaient sans abri et sans ressources. Nous nous sentions d'autant plus impuissants que nous n'avions pas le droit de manquer l'école pour prendre le temps de les aider.

Incapables de contenir notre frustration plus long-temps, nous organisâmes une grève, refusant de retourner en classe jusqu'à ce que le doyen cède et nous autorise à nous rendre au monastère.

Le bâtiment était plein à craquer. A peine arrivés, nous fûmes chargés de faire des paquets de vêtements et de nourriture pour les distribuer aux femmes et aux enfants. La plupart des hommes avaient été tués et, parmi les rescapés, beaucoup étaient retournés combattre pour tenter de reprendre leurs maisons.

Le monastère, un bâtiment imposant construit au sommet d'une colline, surplombait la Méditerranée. Nous étions installés dans une grande pièce, encombrée de tables et submergée de sacs plastiques contenant une foule d'objets en tout genre. Le bruit y atteignait un degré insupportable. Les gens hurlaient, gémissaient et pleuraient. Des centaines d'enfants jouaient entre les tables pendant que d'autres s'accrochaient aux jupes de leur mère, complètement affolés par le désordre général.

Tous avaient le regard vide, ils étaient en état de choc : leur existence avait brutalement basculé, la violence s'était soudain engouffrée dans leur vie et ils ne savaient pas de quoi leur avenir serait fait. Ils étaient les ombres d'eux-mêmes, arrachés de la réalité, à la fois présents et absents, ouvrant les mains, comme par automatisme, pour recevoir le colis qui leur était tendu. Leurs gestes étaient devenus vides de sens, ils n'avaient plus d'espoir et nulle part où aller. Ils ne faisaient qu'allonger la longue liste des réfugiés de l'histoire de l'humanité.

Je sentis alors combien était misérable la condition humaine. Je prenais conscience qu'au cours de ces millénaires de guerres les hommes avaient toujours porté sur le visage cette même expression de misère et de souffrance. Je comprenais clairement que l'histoire n'était qu'une fresque qui se répétait continuellement dans une suite de natures mortes, reflétant la douleur perpétuelle et l'horreur nées de la violence humaine. Je restais pétrifiée, prisonnière de l'intemporalité de la scène qui se déroulait devant moi. Je me sentais glisser dans une sorte de nausée, comme dans l'univers de Sartre, quand les objets semblent se détacher de leur source. Les gens, les choses, les bruits, les odeurs semblaient avoir leur propre vie et me donnaient le vertige. Je savais que j'étais, moi aussi, l'une de ces âmes errantes, impuissantes, jetées dans le tourbillon de la vie. Nous étions tous les victimes d'une existence défigurée.

Je lâchai brusquement le colis que j'avais en main et courus prendre l'air. Sous les arcades qui encadraient le cloître, je respirai à pleins poumons. Une brise fraîche m'effleurait le visage. Peu à peu, je repris pied. Ma vision d'apocalypse, représentée par cette foule grouillante d'êtres humains, commençait à s'estomper. J'entendais son grondement comme en écho mais j'étais à nouveau capable de regarder autour de moi. Les grands murs du cloître m'entouraient, sombres, épais et sereins. Ils avaient assisté à tant d'exodes, de sièges et de guerres...

Je sentis en moi un éveil d'un autre genre. Un frisson d'éternité me parcourut ; c'était le frisson de la continuité, de l'inévitable voyage de la vie à travers la naissance, la mort et la résurrection. Je recommençai à respirer. Apaisée, en paix soudain avec le monde, je suis rentrée pour finir mon travail.

Pendant que je me payais ainsi le luxe de méditer sur l'absurdité de la guerre et la folie des hommes, mon père, loin de là, était pris dans le plus grand combat de sa vie. Resté à Saadiyat avec trois de ses hommes, il tirait sur tout ce qui bougeait. Assis devant le portail principal de la propriété. Deux jours s'écoulèrent avant que l'armée arrive enfin. Mon père leur abandonna la position en espérant qu'ils réussiraient à protéger la maison et à maintenir le fragile cessez-le-feu qui avait été négocié.

A peine était-il parti que le détachement fut encerclé par les Palestiniens et qu'il se rendit. Notre superbe maison fut pillée, saccagée, détruite ; les murs ne restèrent même pas debout. Ce symbole de notre vie familiale fut lui aussi relégué au rang des souvenirs. Ils brûlèrent la maison, abattirent les chiens de chasse de mon grand-père. Nous avons tout perdu, y compris ce qui ne pourrait jamais être remplacé : les objets que mon grand-père avait gardés en souvenir de sa présidence, les effets personnels de ma grand-mère si précieusement conservés depuis sa mort.

Tous les rires et les joies que nous avions connus dans cette maison étaient effacés d'un coup. Il ne restait qu'une terre brûlée, témoignage de la violence qui s'était déchaînée. Lorsque mon père nous rejoignit enfin dans cette maison de montagne, il était accablé. Il était quatre heures du matin. Il entra dans la pièce d'un pas lourd et se laissa tomber sur le canapé. Il n'y avait rien à dire, mais nous le sentions envahi d'une rage froide devant son impuissance.

Je retournai dans ma chambre et restai des heures à regarder fixement le plafond, essayant d'y découvrir ce que l'avenir nous réservait. Je savais que rien ne serait jamais plus comme avant; que ce n'était que le début de la désintégration de la cellule familiale et de nos biens. La guerre était allée trop loin pour n'être qu'une phase transitoire. Les dommages qu'elle avait entraînés étaient irrémédiables. L'avenir n'en paraissait que plus sombre. Sur le terrain politique, la situation était verrouillée. Les factions avaient franchi le pas vers une destruction totale du pays. Le Liban semblait être pris dans une spirale infernale. La Syrie aggrava encore la situation en permettant l'entrée au Liban de milliers de Palestiniens en armes, l'armée du Yarmouk, composée de divisions de blindés palestiniens, entraînées par l'armée syrienne.

J'étais à l'école quand fut annoncée l'avance du Yarmouk. Ils avaient déjà traversé la plaine de la Bekaa et progressaient rapidement à travers le pays, massacrant sur leur passage la population chrétienne, violant les femmes, pillant et détruisant les églises. Ce n'était plus qu'une question de temps avant qu'ils passent la chaîne de montagnes qui les séparait encore de notre maison de Faqra et des villages chrétiens situés sur la route de Beyrouth.

Le lendemain, le doyen entra solennellement dans notre classe pour nous avertir de l'imminence du danger. Il nous demanda de rentrer chez nous pour nous battre et mourir auprès de nos familles. L'armée palestinienne serait là avant la tombée de la nuit et rien ni personne ne pouvait l'arrêter.

La nouvelle me frappa de stupeur. Était-ce la fin de tout ? N'avions-nous rien d'autre à espérer que retourner chez nous et attendre d'être massacrés avec ceux que nous aimions ? Pris au piège entre la mer et le diable, les Chrétiens, ne sachant plus à quel saint se vouer, tournèrent leurs derniers espoirs vers un autre démon et sollicitèrent l'aide des Israéliens.

Je rentrai en début d'après-midi ; ma mère écoutait la BBC. Elle était consternée en entendant cette voix venue de l'Occident annoncer la disparition imminente de la communauté chrétienne du Liban. Nous avions l'impression d'être sacrifiés pour que puisse être résolu le problème palestinien. Henry Kissinger n'éprouvait de toute évidence aucun remords et continuait à mener, au nom des États-Unis, la même politique, au prix de nouvelles souffrances pour la population, sans doute pour débarrasser les consciences occidentales des craintes et du sentiment de culpabilité qu'avait engendrés la décision unilatérale de créer l'État sioniste. Devant l'opportunité d'une solution au problème palestinien, les Chrétiens du Liban devenaient les nécessaires victimes.

Ironie de l'histoire, c'est alors que les Chrétiens du Liban scellèrent leur destin à celui d'Israël. Ils n'avaient pas compris que ces alliés d'un jour avaient, eux aussi, une volonté d'hégémonie à long terme. Mais, à ce moment-là, l'aide des Israéliens fut une bénédiction. Ils étaient les seuls à nous vendre des armes et c'était pour nous une question de vie ou de mort. Pourtant, comme chaque fois que l'on pactise avec le Diable, il faut toujours payer sa dette. Au cours des

années qui suivirent, nous l'avons fait chèrement : pié-
gés par les machinations machiavéliques de notre voisin sioniste, nous nous sommes finalement entre-tués,
avec leur aide et les armes qu'il nous avait fournies.

Cette nuit-là, alors que j'attendais avec ma mère la
terrifiante invasion de cette armée du Yarmouk que les
Syriens nous envoyaient, je sentis une terrible panique
s'emparer silencieusement de la communauté tout
entière. Tout le monde était bloqué chez soi puisqu'il
n'y avait plus d'essence pour circuler. Nous nous étions
organisés en équipes et montions des tours de garde
dans les collines avoisinantes. Nous savions que nos
efforts étaient dérisoires et que nous serions perdus dès
que les Palestiniens arriveraient jusqu'à nous. Mon père
n'avait pas pu rentrer à la maison, toutes les routes de la
région étant coupées et il était de toute façon trop dangereux de voyager. J'étais donc seule avec ma mère,
Nana et quelques ouvriers qui travaillaient sur le chantier de la station de ski.

Le crépuscule semblait ne pas vouloir finir. Puis
vint la nuit, noire et froide. Cette obscurité totale rendait l'atmosphère plus angoissante encore. Après mes
tours de ronde avec la jeep, je retournais me blottir
contre ma mère dans un coin de la maison pour écouter les dernières nouvelles sur l'avance de l'armée.

Nous ne pouvions rien faire d'autre qu'attendre et
prier. Notre destin semblait scellé quand soudain, vers
onze heures, je me levai et ouvris les volets. La neige
commençait à tomber. Je restai là, sans voix, émerveil-
lée. Nos prières avaient été entendues...

Les premiers flocons s'éparpillèrent sur le sol, puis
peu à peu ils formèrent une fine couche pour finalement recouvrir la surface sombre de la terre d'un lin-
ceul blanc. Mon cœur était rempli de joie. Les routes

furent recouvertes d'un épais tapis blanc. Il neigea toute la nuit. L'armée du Yarmouk fut bloquée net et ne put franchir le col de montagne qui la séparait de nous. Tout en regardant ces flocons tomber en un tourbillon féerique, je sentis mes paupières s'alourdir ; cette journée d'angoisse et de tension m'avait consumée, mais j'allais pouvoir dormir en paix.

Ce répit, miraculeusement accordé par la tempête de neige, coïncidait avec des négociations politiques pour aboutir à un traité et un cessez-le-feu. Alors que les troupes du Yarmouk poursuivaient leur marche dans le feu et le sang, le gouvernement syrien avait en effet dépêché ses plus hauts émissaires pour négocier un traité de paix entre les différentes factions combattantes. Le rôle de la Syrie était toujours plus ambigu : d'un côté, elle continuait à fournir aux Palestiniens les armes avec lesquelles ils multipliaient les agressions contre les Libanais ; de l'autre, elle participait aux discussions et cherchait une solution pour sortir le Liban de ce drame. En fait, leur objectif était d'envahir le pays en se présentant comme une force de maintien de la paix, sous les auspices de la Ligue Arabe. Les Libanais étaient trahis de tous côtés.

La guerre se fit dorénavant sentir dans tous les aspects de notre vie quotidienne. Il y avait une pénurie de produits frais, plus une goutte d'essence, l'électricité était coupée. Les gens se fabriquaient des générateurs de fortune qu'ils faisaient fonctionner quelques heures par jour pour chauffer l'eau et avoir un peu de lumière.

Parallèlement, on vit surgir du chaos un marché noir florissant. Certains faisaient fortune en une nuit et ces « profiteurs de guerre », enrichis par le commerce illégal et le racket, formèrent bientôt une nouvelle élite. Des ports clandestins apparurent le long de la côte et les miliciens devinrent de véritables pirates, détournant les navires qui longeaient la côte, dérobant leur cargaison avant de les couler.

Outre ces profits, les miliciens trouvèrent dans le trafic de drogue une nouvelle source de revenus pour financer leurs achats d'armes. Dans ce monde où la fin justifiait tous les moyens, nous avions définitivement perdu la notion du bien et du mal.

Virgil Gheorgiu, cet homme que j'admire et que j'eus le plaisir de rencontrer grâce à mon grand-père, est l'auteur d'un livre, *Le Christ au Liban,* où il raconte l'histoire de saint Georges et du Dragon. Chacun sait que saint Georges, un saint combattant, traversa un jour le Liban. En arrivant à Beyrouth, il rencontra par hasard une princesse qui pleurait. Elle devait être offerte au Dragon maléfique qui terrorisait la ville entière.

La légende raconte que son père, le souverain de Beyrouth, avait conclu un accord avec le Dragon, pour apaiser la créature et éviter qu'elle ne dévore tous les habitants de la ville. Il avait promis de lui donner deux moutons par jour à manger. Il tint sa promesse jusqu'au jour où il n'y eut plus de moutons. Alors il commença de livrer des êtres humains. Les pauvres victimes étaient désignées par tirage au sort et un jour, ce fut au tour de la fille du roi d'être sacrifiée.

Le roi plaida auprès de son peuple pour qu'elle soit épargnée, leur rappelant qu'elle était sa seule enfant et l'unique héritière du trône. Mais le peuple répondit qu'il ne pouvait échapper au destin d'autant plus qu'il en était seul responsable, ayant lui-même instauré ce tirage au sort qui les menaçait tous. Chacun sait comment saint Georges sauva peu après la princesse. L'important est la morale de l'histoire : la peur nous pousse parfois à prendre des décisions qui, avec le temps, se révèlent être des choix dramatiques.

Comme dans la légende, seul l'instinct de survie nous guidait dans nos choix. Finalement, c'est nous qui avions engendré la créature qui allait nous dévorer. Les compromis, les solutions de facilité, la corruption morale et la lâcheté, nous obligèrent à affronter nos dragons. Le monde que nous avions connu s'effondrait jour après jour et la nouvelle génération de profiteurs de guerre s'engraissa de la misère d'autrui.

Je passais mon temps à attendre. Les journées étaient longues et vides à Faqra. Il n'y avait rien à faire d'autre qu'attendre. Sans essence, je ne pouvais aller nulle part; sans électricité, les nuits semblaient interminables et solitaires. J'écoutais la radio dans l'attente des nouvelles. Ma mère et moi ne voyions presque plus mon père. Il passait son temps au combat sur le front. Quand il rentrait enfin à la maison, c'était pour se jeter sur son lit et rattraper le sommeil perdu. Nous étions toujours à la montagne quand onze obus furent tirés sur la maison. Une fois de plus, nous étions directement visées. Mon père appela pour savoir si nous étions encore en vie et nous demanda de faire nos valises. Ses ennemis nous avaient localisées et ce n'était plus qu'une question de minutes avant que leurs tirs nous atteignent vraiment. Il avait trouvé une maison en bord de mer et nous ordonna d'y aller au plus vite avec le peu d'essence dont nous disposions.

III

A notre arrivée à Safra, nous trouvâmes une demeure à l'abandon. C'était une construction moderne, donnant sur la mer, ce qui présentait autant d'avantages que d'inconvénients. En hiver, par exemple, il m'arrivait souvent de me réveiller ruisselante d'eau de mer et d'algues, car les vagues inondaient le sous-sol où j'avais installé ma chambre.

Dénuées de tout objet personnel, nous commençâmes par nous activer pour essayer de rendre l'endroit habitable. Safra est un site superbe qui surplombe la Méditerranée. La piscine descendait en cascade jusqu'à la mer. La maison était construite en pierre rose et, au coucher du soleil, elle reflétait le ciel violet et orange. Derrière la maison, une petite allée menait jusqu'à un grand portail noir, qui une fois fermé nous isolait complètement du monde extérieur. Ainsi protégées, nous pouvions parfois croire que nous étions en vacances dans le sud de la France et non en pleine zone de combats. Je passais mes journées à bricoler, à restaurer une pièce après l'autre, à entretenir la piscine ou à écouter de la musique. Nous étions suffisamment loin de Beyrouth pour ne pas entendre les bombardements qui étaient alors, en 1976, quotidiens. Dans la ville voisine de Jounieh, il était aussi difficile quelquefois de croire que nous étions en guerre, pourtant elle était proche, avec tout son cortège d'horreurs. Les milices chrétiennes attaquèrent les camps palestiniens de Tall El Zaatar et de la Quarantaine, comme les Palestiniens l'avaient fait pour la population chrétienne de Damour. Les Chrétiens voulaient se débarrasser de leur présence dans cette zone. Le siège de Tall El Zaatar fut long et sanglant. La Croix-Rouge dut finalement intervenir pour mettre fin au carnage. La presse internationale accusa mon père d'avoir été responsable des massacres. C'était lui en effet qui conduisait les combats à Tall El Zaatar, mais il me jura qu'il avait fait l'impossible pour en limiter les dommages. Les camps étaient de véritables forteresses et, lorsque la Croix-Rouge voulut y pénétrer, les groupes militaires prirent leurs propres populations civiles en otage pour l'en empêcher. Arafat avait donné l'ordre à la population de ne pas se rendre. Il voulait faire de ce lieu un autre « Stalingrad ». Les survivants eux-mêmes témoignèrent de sa détermination à avoir le plus grand nombre possible de martyrs tant il souhaitait attirer l'attention internationale sur le sort des Palestiniens.

Je ne pris pas directement part au combat mais passai la plus grande partie de mes journées à l'hôpital de Jounieh sur lequel étaient évacués les blessés chrétiens. L'un de mes amis, Freddy, fut tué dans la bataille de Tall El Zaatar, un autre, Georges, y perdit une jambe. Tous deux faisaient partie des membres fondateurs des Tigres et avaient combattu auprès de mon père dès les premières heures.

Des flaques de sang inondaient les couloirs de l'hôpital. Partout, des corps gisaient. Nous ne pouvions plus faire face, les chambres étaient envahies, des lits de fortune avaient été installés dans le hall d'entrée.

Les blessés étaient partout. Des hommes, des femmes, des enfants gémissaient et pleuraient. Ils avaient peur et souffraient. Certains étaient seuls, d'autres étaient entourés de leur famille, ce qui ne faisait qu'ajouter au désordre. Les jours passaient et, loin de s'améliorer, la situation empira. Je rendais visite, avec ma mère, aux blessés ou aux familles des victimes. Un soir, je ne pus rester plus longtemps dans cet hôpital et décidai d'aller boire un verre avec un ami dans un bar de la ville.

L'endroit était désert. Nous commandâmes nos boissons, en écoutant les derniers succès disco. Alors que le juke-box hurlait, une vidéo fut installée et une cassette diffusa les images des combats et des massacres des camps. Je sentis mon cœur se soulever. J'avais l'impression qu'on ne me laisserait jamais oublier, ne serait-ce qu'un instant, ce carnage.

Mon ami se leva et demanda à voir le patron. Il vint me voir, se confondit en excuses et m'expliqua que, apprenant que j'étais la fille de Dany Chamoun, il avait pensé me faire plaisir en me montrant cette cassette, achetée au marché noir. Je ne pus même pas lui en vouloir, mais je constatai, une fois de plus, combien la guerre nous avait détraqués.

Quelques jours plus tard, il se produisit une chose étrange. J'avais pris l'habitude de passer de longs moments au quartier général des Tigres, à Jounieh; j'écoutais les nouvelles des combats et essayais de communiquer par radio avec mon père. Ce jour-là, j'étais dans une camionnette avec deux miliciens, quand soudain ils commencèrent à s'agiter. « C'est lui! crièrent-ils, attrapons-le! » Je leur demandai de qui il s'agissait et ils répondirent que c'était un homme qu'ils recherchaient depuis longtemps comme traître collaborant avec les communistes. Je regardai par la fenêtre et aperçus un homme chétif qui courait. Ils s'arrêtèrent à sa hauteur, bondirent dehors et se précipitèrent sur lui. L'homme hurlait de peur. Ils le jetèrent à l'arrière du véhicule à côté de moi et m'ordonnèrent de le surveiller. Je ne savais que faire et restai assise dans un coin.

L'homme commença à gémir et me supplia de le laisser partir. La camionnette s'arrêta net devant un immeuble et d'autres Tigres, prévenus par radio, accoururent. Ils l'attrapèrent par la chemise et le traînèrent jusqu'à l'intérieur. Je les suivis, accablée par ce qui venait de se passer, mais incapable de réagir.

Je finis par me ressaisir et essayai d'appeler mon père. En vain. De la pièce à côté, me parvenaient des cris à glacer le sang. Je n'osais demander ce qu'ils lui faisaient. Au bout de plusieurs heures, l'homme se tut et mon cœur me dit que, pendant que j'étais restée assise là, j'avais été le témoin d'une souffrance indescriptible. Je me levai, partis et ne revins jamais. Je me suis juré alors que, si c'était en mon pouvoir, je ne laisserais plus jamais une telle chose arriver.

Les combats dans les camps cessèrent enfin. Les alentours étaient interdits d'accès mais nous avions tellement entendu parler d'atrocités que nous décidâmes, ma mère, son amie Lydia et sa fille, Denise, une de mes grandes amies, d'aller les constater par nous-mêmes. Appareils photo en bandoulière, nous avions vraiment l'impression de partir en excursion, d'autant plus que nous étions restées enfermées pendant des jours puisqu'il était interdit de circuler.

C'était une belle journée d'été. De peur qu'il nous l'interdise, nous n'avions pas parlé de nos projets à mon père. Lydia et Denise connaissaient bien la région et nous savions que le cessez-le-feu la rendait relativement sûre. En arrivant au camp, nous fûmes horrifiées par l'ampleur des dégâts. Il ne restait pas un immeuble intact, tout avait été brûlé. C'était d'autant plus frappant que ni ma mère ni moi n'étions allées à Beyrouth depuis plus d'un an. Denise et moi n'avions que quinze ans mais, je dois bien l'avouer, nous étions devenues quasiment insensibles à l'horreur, désormais habituées aux pires atrocités.

Attirés par un mystérieux plaisir macabre, nous avons commencé à chercher des cadavres. Ayant entendu dire qu'ils gisaient encore autour du camp, nous roulions lentement pour les trouver. Nous parvînmes finalement au cimetière. Georges, le petit frère de Denise qui nous avait accompagnées, avait entendu dire qu'il y avait des fosses communes. Nous étions surexcités. Nous avons garé la voiture et nous nous sommes mis à marcher d'un pas hésitant entre les tombes. Soudain, j'aperçus quelque chose qui brillait derrière une petite cabane en bois. J'appelai Denise et m'approchai. De toute évidence, c'était un poignard. Il y avait un corps étendu avec ce poignard planté dans le dos. Nous reculâmes précipitamment.

Puis, très lentement, comme pour apprivoiser notre peur nous commençâmes à tourner autour du cadavre, avec un mélange de curiosité et de répulsion. Je me souviens d'avoir remarqué que le corps avait noirci. On aurait dit un mélange de boue et de bois. Les mots « Souviens-toi que tu es poussière et que tu retourneras en poussière » me vinrent alors à l'esprit. Il y avait quelque chose de sinistrement beau dans ce corps qui se décomposait au soleil : j'avais l'impression qu'il voulait se fondre dans la terre, s'y mêler jusqu'à ne faire plus qu'un avec elle.

Alors que je méditais sur le processus naturel de la mort, le petit Georges nous appela depuis l'allée qui

menait aux caveaux de famille. Il semblait excité et
gesticulait en nous faisant signe de le rejoindre. Ma
mère et Lydia se tenaient loin derrière lui, incapables
de supporter davantage cette horreur. Nous le rejoi-
gnîmes et il nous expliqua qu'il avait trouvé une fosse
commune. Les caveaux avaient été utilisés pour y jeter
pêle-mêle les victimes. Je compris en m'approchant du
trou. L'odeur était écœurante, à la fois horriblement
douceâtre et putride. Je suffoquai et remontai mon
T-shirt sur mon nez et ma bouche. Denise se mit à rica-
ner nerveusement. Je me demandais pourquoi nous faisions cela. Je ne le savais pas, mais quelque chose nous
y attirait et nous voulions avoir l'air courageux.
Georges était debout devant le caveau, un long bâton à
la main. D'autres enfants s'étaient joints à nous et voulaient prendre part à ce qui semblait être devenu un
jeu. Ils défiaient Georges d'ouvrir la porte et de regarder. Il s'approcha, glissa le bâton dans l'entrebâillement
de la porte et fit levier pour l'ouvrir.

A cet instant, une horrible puanteur nous prit à la
gorge. Elle était presque palpable, nous étions comme
entourés d'une vapeur fétide. Instinctivement, j'ai
reculé. Mais, stimulée par les cris des gamins qui
s'enfuyaient en courant, je m'approchai lentement et
regardai à l'intérieur.

On aurait dit une peinture de Jérôme Bosch. Les
corps, peut-être une douzaine, avaient été jetés les uns
sur les autres. Des bras, des jambes, des têtes pendaient
mollement dans des poses surréalistes. Je venais de
trouver les limites du supportable.

Quelques jours plus tard, alors que je faisais la
queue devant la boulangerie, une voiture s'arrêta dans
un hurlement de freins. A l'intérieur, un homme se
débattait pour tenter d'échapper à quatre autres. Il

s'arracha finalement de leurs mains et se précipita vers moi. Il avait été battu et, sous ses vêtements en lambeaux, on discernait son corps lacéré de coups. Il était en sueur et sentait la peur. Il m'attrapa par les épaules et me retourna face aux autres qui venaient droit sur nous, mitraillette en main. Je crois qu'il m'avait choisie car on me prenait souvent pour une étrangère à cause de ma chevelure blonde. Il pensait sans doute qu'il serait ainsi protégé, en se servant de moi comme d'un rempart.

L'homme me suppliait de ne pas les laisser l'emmener. J'avais l'impression de revivre l'épisode de la camionnette. Puis tout se passa si vite.

Les autres portaient l'uniforme noir et les insignes de la milice fasciste. C'était des membres spéciaux des Kataëbs, appelés aussi Phalangistes, qui formaient l'escadron de la mort, dirigé par HK plus connu sous le nom d'Elie Hobeika, un homme des plus sanguinaires.

Ils se jetèrent sur ce malheureux et le poussèrent dans la voiture en le frappant. Je regardai ces brutes s'éloigner. Les cris résonnaient dans ma tête, me rappelant le jour où j'étais restée passive, face à la torture d'un autre homme.

Je courus jusqu'à la voiture rejoindre ma mère et nous entamâmes une folle course poursuite. Je ne savais pas où elle nous mènerait mais je me sentais obligée d'intervenir. J'ignorais qui était cet homme et ce qu'il avait fait pour être traité ainsi mais je sentais encore vibrer en moi cette peur qu'il m'avait transmise dans ce moment de terreur où il s'était agrippé à moi.

Un peu plus loin, la voiture s'arrêta une nouvelle fois et je vis que l'homme continuait à se débattre pour s'échapper. D'autres miliciens se joignirent à eux, agitant leurs armes, dans une confusion totale. Leurs visages tordus par un rictus malsain montraient tout le plaisir qu'ils prenaient à la douleur de leur victime.

J'étais tellement hors de moi que je me précipitai sur l'un d'eux qui avait l'air particulièrement stupide et arrogant avec son arme, et lui criai en arabe d'arrêter d'agiter son fusil. Il me regarda, frappé de stupeur devant tant d'audace et, abasourdi, baissa son arme. J'écumai de rage. Ma colère détourna l'attention des miliciens et ils en oublièrent leur victime. L'un d'eux s'approcha et me demanda brutalement qui j'étais et commença à m'expliquer que j'étais en train de protéger la vie d'un Syrien, un ennemi de notre pays. Je me moquais éperdument de savoir qui je pouvais bien défendre. Simplement, je ne supportais pas de voir un être humain dans une telle détresse. Par chance, l'endroit où nous nous trouvions était proche de chez nous et tombait donc sous le contrôle de la milice de ma famille et non des Phalangistes. J'indiquai mon nom au milicien en espérant que cela serait dissuasif. Alertés entre-temps, des membres de notre parti nous rejoignirent et, à nous tous, nous sommes arrivés à calmer le jeu. Les Phalangistes, moins nombreux que nous, furent obligés de confier le Syrien à nos hommes qui l'emmenèrent en m'assurant qu'il serait relâché. L'histoire se répandit comme une traînée de poudre. Mon grand-père vint nous rendre visite ce jour-là et il riait aux éclats. Il trouvait ridicule que nous nous soyons impliquées pour sauver la vie d'un Syrien. Ma mère et moi ne trouvions rien de drôle à cet incident.

Ma mère s'inquiétait de plus en plus pour ma santé mentale et physique. Tous mes amis étaient maintenant partis étudier à l'étranger. J'étais seule. Les écoles étaient définitivement fermées et je perdais mon temps et ma jeunesse à ne rien faire. J'allais sortir de l'adolescence et je n'avais rien appris d'autre qu'utiliser des armes et faire la guerre.

Les Syriens bombardaient la ville sans répit. Je n'avais nulle part où aller et, en restant au Liban, il était sûr que je finirais mal. Elle arriva à convaincre mon père et mon grand-père de me laisser partir pour que je puisse reprendre mes études. J'avais déjà perdu deux années scolaires. Les cours que j'avais suivis étaient si sporadiques que je n'avais pas appris grand-chose.

Il fut finalement décidé que j'irais en Angleterre. Ma mère y avait gardé de nombreux amis de l'époque où elle était mannequin et actrice. De plus, c'est au Royaume-Uni qu'elle avait connu mon père et elle était sentimentalement très attachée à ce pays. Elle y avait été bien acceptée quand elle était arrivée d'Australie et elle espérait qu'il en serait de même pour moi.

Nous partîmes pour Chypre, comme des *boat people*, sur une petite embarcation. Nous ne savions pas exactement où aller, une fois en Angleterre; nous voulions simplement nous y rendre. A notre arrivée, nous nous installâmes dans un petit hôtel londonien sur la route de Gloucester.

Je passai des jours à visiter la ville dans les bus à deux étages et à faire du lèche-vitrines. Nous n'arrivions pas à croire que nous étions enfin dans un pays civilisé. Au début, nous étions surprises de voir tant de monde dans les rues, de constater que les feux de circulation fonctionnaient, que l'électricité n'était jamais coupée, que les gens étaient souriants et aimables. Nous nous étions heurtées à tant d'hostilité au cours des deux dernières années que Londres nous semblait être le paradis sur terre.

Nous avons visité de nombreuses écoles en vain. Les institutions privées étaient très chères et le lycée où je voulais m'inscrire était complet. Une amie de ma mère, qui avait prévu d'envoyer sa fille au Collège Saint-Paul, l'une des plus prestigieuses écoles pour jeunes filles de Londres, nous informa que la directrice allait prendre des dispositions particulières pour les réfugiés libanais. Nous sommes allées la voir et, en chemin, ma mère m'expliqua que nous allions sans doute rencontrer une petite dame âgée avec des cheveux blancs et des lunettes, car toutes les directrices de collège en Angleterre étaient ainsi. Lorsque nous fûmes en face de Mme Brigstocke, nous restâmes bouche bée. C'était une grande femme superbe. Quant à elle, elle était tout aussi surprise de découvrir deux femmes si blondes. Elle s'attendait à rencontrer deux petites brunes qui auraient vraiment eu l'air de réfugiées libanaises. Tout se passa pour le mieux et elle m'accepta dans son école.

Les dernières années dans mon pays n'avaient pas été faciles mais ce qui suivit me parut plus dur encore. Ma nouvelle vie fut un combat quotidien. Au Liban, je vivais comme dans une grande famille. Tout le monde s'occupait de nous. Lorsque nous avions besoin de quelque chose, nous l'obtenions toujours. Nous devions même être attentives à ne pas faire de commentaires acerbes car nos mots étaient pris au pied de la lettre par nos partisans et pouvaient parfois avoir des conséquences désastreuses. Un jour, par exemple, en rentrant de l'école, je m'étais disputée avec un commerçant proche de chez moi, qui m'avait vendu un poulet à un prix exorbitant. Un homme de notre milice passait par là et entendit nos éclats de voix. Le lendemain matin, une énorme explosion m'avait réveillée en sur-

saut. Le magasin venait de sauter. Personne ne reven-
diqua directement l'attentat mais j'avais mon idée sur
les responsables... Heureusement, personne ne fut
blessé et le Parti aida le commerçant à reconstruire sa
boutique.

J'avais seize ans quand j'arrivai à Londres. J'habitais une chambre minuscule dans la maison des amis de
ma mère et je prenais chaque jour un bus pour aller au
collège. Le trajet durait deux heures. Le premier jour,
j'avais si peur que je fondis en larmes car je ne me rap-
pelais plus à quel arrêt je devais descendre.

Au Liban, j'avais déjà l'habitude de conduire seule
et d'aller partout, même la nuit; je n'avais jamais peur.
Ici, tout m'effrayait; je n'osais pas m'aventurer seule, la
ville me paraissait immense et inhumaine. Les trans-
ports en commun m'angoissaient. Je mis un temps fou
à m'y retrouver. Aujourd'hui, ironie du sort, si je devais
trouver mon chemin dans Londres ou Beyrouth, il est
sûr que c'est dans Beyrouth que je me perdrais.

Au collège, aussi, j'avais du mal à m'adapter. Je
devais apprendre en deux ans le programme qui, normalement, était étudié en quatre. Le pire était que je ne
savais ni lire ni écrire l'anglais. Je prenais des notes
phonétiquement en espérant de tout cœur que le pro-
fesseur ne m'interrogerait pas car, la plupart du temps,
je ne comprenais rien à ce que je lisais.

J'avais laissé derrière moi le soleil du Sud et une
vie facile car, malgré la guerre, je passais beaucoup de
temps au bord de la mer. Une de mes activités favorites
était de me promener sur le canot pneumatique
qu'avaient acheté les Tigres. Je partais à l'aube et rentrais au crépuscule. A Londres, je continuais à partir à
l'aube mais je rentrais dans la nuit noire. Certains jours,
je ne voyais pas le soleil. Je n'étais pas habituée au froid

et je garde un souvenir épouvantable de ces attentes quotidiennes à l'arrêt du bus, les pieds trempés et gelés.

C'était le début de l'embargo arabe sur le pétrole et le fuel était hors de prix. Le chauffage était économisé. Vers six heures, en rentrant, je me plongeais dans un bain brûlant et allais directement me coucher pour essayer de rester au chaud malgré le froid qui régnait dans la maison.

J'éprouvais certaines difficultés à me faire de vrais amis. Ma vie au Liban m'avait rendue sauvage. Je ne savais pas de quoi leur parler et j'étais incapable de tenir une conversation mondaine. Je ne parlais que de la guerre et mes amies de collège, vite lassées par mes histoires, se détournaient de moi pour chercher des interlocuteurs plus gais. J'avais l'impression d'être complètement marginale. Je m'obligeais cependant à sortir pour rencontrer du monde comprenant que l'enfermement sur moi-même serait pire que tout. Avant de quitter la maison, je restais devant le miroir, essayant de me convaincre à voix haute que tout se passerait pour le mieux. J'étais devenue une « invalide sociale » et j'étais très timide. Je me réfugiais le plus souvent dans la lecture et j'ai gardé cette habitude très longtemps. C'est à cette période que les livres prirent une importance capitale dans ma vie. Je cherchais dans Hegel, Freud et les autres, des théories qui me permettraient de trouver des explications rationnelles à tous ces événements et à la souffrance que j'éprouvais.

Le plus dur pour moi était d'être coupée de ma famille. Ma mère était repartie et il m'était impossible de leur téléphoner. J'étais dépendante de leurs appels. Il n'était pas question d'écrire puisque les postes libanaises ne fonctionnaient plus depuis longtemps. C'est à cette époque que le roi Hussein de Jordanie réapparut, à ma plus grande joie, dans ma vie. Mon père et lui étaient de grands amis et ils avaient couru ensemble dans des courses automobiles. Enfant, j'avais grandi avec ses deux fils, Abdullah et Feisal, et très entourée par l'affection de leur mère, la princesse Muna.

J'appris que le roi Hussein se trouvait à Londres et je lui rendîs visite. Je n'oublierai jamais cet instant où, après tant d'années, nous nous sommes enfin revus. Nous étions tous très émus et, plus tard, Sa Majesté m'expliqua qu'en me voyant il avait eu l'impression de se revoir lui-même. C'est à Londres que, jeune étudiant, il avait appris l'assassinat de son grand-père et, dès le plus jeune âge, il avait connu les dures vicissitudes de la vie. Il m'assura qu'il garderait un œil sur moi tant que je serais en Angleterre et tint parole. Si je n'avais pas eu son soutien pendant ces années, je ne sais pas si j'aurais pu garder un moral convenable. Il était toujours là pour répondre à mes appels et il m'aidait à correspondre avec mes parents. Il m'emmena même à Beyrouth en avion, via la Jordanie et la Syrie, pendant les vacances scolaires.

J'ai beaucoup d'admiration pour le Roi. Sa noblesse d'âme, sa sagesse et son courage font de lui un véritable pèlerin de la paix. Dans ce monde où la cruauté gratuite est la norme, j'aimerais qu'un plus grand nombre reconnaisse ses vertus.

Pendant ces années, pas un seul de mes séjours au Liban ne fut à l'abri de la violence. Parfois, je rentrais par la Syrie, lorsque nos relations avec le gouvernement étaient bonnes, ou par Chypre ou même par l'aéroport international de Beyrouth lorsque c'était possible. Un jour, le Roi mit à ma disposition un gros avion habituellement utilisé pour le transport des marchandises et des troupes. Seule passagère, assise dans un coin de cette vaste carlingue vide, je me laissai conduire jusqu'à Damas.

En arrivant, je regardai par le hublot et découvris une délégation d'officiels syriens venus m'accueillir. En fait, ils pensaient voir descendre mon père. Je sortis seule de l'avion, portant un blue-jean et un T-shirt, leur serrai solennellement la main à chacun, en les remerciant de leur accueil. Je constatai leur embarras mais il était trop tard. Ils m'escortèrent jusqu'à l'hôtel des officiers. J'attendis des heures sans savoir si j'avais le droit de sortir. Ils vinrent enfin me chercher et je montai dans une limousine noire qui me ramena jusque chez moi au Liban. Dès que nous fûmes sur le territoire libanais, dans la plaine de la Bekaa, le chauffeur syrien me demanda de me cacher sous des couvertures sur le plancher. Tout au long de la route, il fallait traverser des points de contrôle tenus par les Palestiniens et il aurait été risqué qu'ils me trouvent là. Quand nous entrâmes enfin dans le secteur chrétien, je sentis le chauffeur se crisper. C'était à son tour d'être inquiet.

Je passai quelques jours avec ma famille puis mon père me renvoya en Angleterre, profitant de l'avion du Premier ministre syrien, Abdel Khalim Khaddam, qui repartait à Damas après une visite diplomatique.

Tous mes voyages à Beyrouth furent comme irréels. Je rentrais à la maison chaque été et le passage d'un univers à l'autre devenait difficile. Les traumatismes que je vivais au Liban devenaient insupportables. Notamment, durant l'été 1978. Le pays était déserté. Tous mes amis étaient restés à l'étranger, la plupart à Paris ou dans le sud de la France. Ceux qui s'étaient aventurés à rentrer étaient repartis aussitôt. Ce fut un des étés les plus sanglants de la guerre. Les Syriens avaient tourné leurs armes contre les Chrétiens

68

et les bombardements incessants étaient les plus violents que nous ayons jamais connus.

Mon amie Denise et sa mère Lydia habitaient avec nous à Safra depuis que leur maison, située à la périphérie de Beyrouth, avait été touchée par les obus.

Comme il y avait peu de place, je partageais mon lit avec elle. Un matin, alors que nous dormions encore, ma mère entra doucement dans la chambre. En m'éveillant, je lus immédiatement sur son visage quelque chose de grave. Toutes les deux, nous nous redressâmes sur le lit. Elle se dirigea vers Denise, ce qui me surprit, lui prit la main et s'assit à côté d'elle. Nous lui demandâmes d'une seule voix ce qui s'était passé. Elle dit : « Denise, ta mère a eu un accident, on lui a tiré dessus. »

Denise se mit à hurler : « Maman, maman ! Est-elle morte, est-elle morte ? » Ma mère répondit en nous prenant toutes les deux dans ses bras : « Non, elle n'est pas morte mais elle est gravement blessée. » Je voulus savoir ce qui s'était passé et ma mère nous raconta les circonstances du drame. Lydia était sortie avec son mari pour dîner dans un restaurant de montagne à Ajaltoun. Sur le chemin du retour, alors qu'elle était au volant, elle n'avait pas vu un poste de contrôle et ne s'était donc pas arrêtée. L'une des sentinelles avait alors tiré une rafale d'arme automatique sur la voiture et une balle avait traversé son siège pour se loger dans le dos de Lydia.

Elle avait été transportée à l'hôpital de Jounieh. Nous nous habillâmes en toute hâte et filâmes la voir. Quand nous arrivâmes, elle était toujours inconsciente. Denise et son petit frère Georges pleuraient. Le docteur nous demanda de sortir de la chambre. Il prit ma mère par le bras et voulut lui parler en tête à tête, mais elle m'autorisa à les suivre. Nous avons traversé le couloir jusqu'à une fenêtre. Le médecin nous expliqua à mi-voix que la balle avait détruit la moelle épinière de Lydia sur trois centimètres et qu'elle ne pourrait plus jamais marcher. J'étais atterrée. Je restai très calme, accablée par le choc.

Le médecin nous demanda d'annoncer la triste nouvelle à Lydia, son mari et ses enfants. Mais comment peut-on dire à quelqu'un qu'il ne sentira plus jamais son corps en dessous de la ceinture, que sa vie est bouleversée à tout jamais et qu'il est paralytique ?

Au même moment, Denise s'avança vers nous. L'inquiétude se lisait sur son visage. Ma mère se précipita vers elle pour la rassurer. Alors qu'elles s'éloignaient, je restai seule et regardai par la fenêtre. Je n'oublierai jamais cet instant. Je fixais le paysage, les immeubles modernes côtoyaient les vieilles maisons traditionnelles, au loin, la mer scintillait sous les rayons du soleil. Dehors, le monde était beau; pourtant, en mon for intérieur, je ressentais un profond dégoût face à l'horreur de la situation. Je levai les yeux vers le ciel et, pour la première fois de ma vie, je me demandai si Dieu existait, comment une telle injustice avait pu arriver à Lydia, une belle femme, brillante et pleine de vie. Pourquoi elle plutôt qu'une autre ? Comment Dieu avait-il pu être si injuste ? Alors, je conclus qu'un tel Dieu ne pouvait exister. La vie n'était qu'un système chaotique et endémique. Il n'y avait ni justice, ni pitié, ni compassion.

Je me sentis terriblement seule. Tout me semblait vain. La vie n'avait pas de sens. Nous étions condamnés à la subir. Toute l'horreur de ces dernières années, ces choses épouvantables que j'avais vues, étaient arrivées sans raison. Il n'y avait aucune justification à la haine ni à la violence. Elles étaient gratuites. Toute logique avait disparu du monde. Je ne trouvais aucune explication rationnelle à ce qui arrivait dans ma vie. J'étais désorientée et désespérée par le choc et le chagrin.

Ce jour-là, à l'hôpital, je me détournai de Dieu et décidai que désormais il ne me faudrait compter que sur moi-même si je voulais survivre. Rien ni personne ne pourrait m'aider dans ce monde ni dans un autre. Puisque je devais supporter seule le fardeau de l'existence, je ne pourrais à l'avenir compter que sur mes propres forces. Je décidai donc d'être forte autant par désespoir que par nécessité.

Je suis rentrée à la maison avec Denise et nous nous sommes installées sur la terrasse pour regarder le coucher du soleil. Nous avions décidé de nous soûler et nous bûmes une bouteille de vin rouge. Une voix au fond de nous nous disait que nos vies allaient être profondément et dramatiquement transformées. Lydia aurait à affronter de terribles souffrances et sa famille était liée à son destin. Quelque chose s'était brisé en moi depuis l'instant où, par la fenêtre de l'hôpital, j'avais contemplé ce monde sans foi ni loi. Dès ce moment, je me créai une carapace pour m'isoler de la vie. J'avais cessé de croire que les choses pourraient s'arranger. Il ne faisait pas bon vivre dans ce monde et je me sentais prisonnière de ma propre existence.

Je repartis en Angleterre et me rendis malade au point d'être finalement hospitalisée pour une importante opération de l'estomac. Peu de temps après, ma mère aussi fut hospitalisée pour une crise cardiaque. J'avais l'impression que le monde s'était emballé. J'étais à la dérive.

Quand je retournai au Liban l'été suivant en 1979, le pays était complètement différent. Nous assistions à l'inexorable montée au pouvoir de Béchir Gemayel. Moi aussi, j'avais beaucoup changé. Je venais d'apprendre que mon père avait depuis quelque temps une liaison avec une autre femme et, comme toujours dans ce genre de situation, ma mère et moi étions les dernières à l'apprendre.

Ma mère m'avait téléphoné avant mon départ pour m'annoncer la nouvelle, ne voulant pas que quiconque d'autre puisse me l'apprendre. Bien l'en a pris car tous étaient au courant et personne ne m'épargna à mon arrivée.

Ma mère était effondrée, et moi désespérée. J'avais dix-neuf ans et, dans de nombreux domaines, ma vie était en pleine débâcle. Que ma famille soit, elle aussi, déchirée par la trahison était bien la dernière chose à laquelle je m'attendais. Mon univers s'écroulait et j'étais envahie par une immense tristesse.

Quand j'arrivai à la maison, je parlai avec mon père. Il tenta de s'expliquer et me promit de trouver, avec ma mère, une solution supportable. Il me demanda de ne pas le détester. Je ne le haïssais pas mais je lui dis sincèrement que j'espérais qu'ils resteraient ensemble.

Pendant vingt-trois ans, ils avaient été, du moins je le crois, un ménage heureux. Nombreux étaient ceux qui pensaient que mon père et ma mère formaient un couple solide. Ils avaient toujours été très proches, mais la guerre avait bouleversé nos vies et les longues absences dont nous avions tous souffert étaient sans doute à l'origine de ce drame.

Les milices chrétiennes venaient de se regrouper en une puissante organisation, les Forces libanaises.

AU NOM DU PÈRE

Les deux dirigeants pressentis étaient mon père et Béchir – le plus jeune fils de Pierre Gemayel – qui s'était engagé dans la lutte dès le début et avait une réputation de chef à la poigne de fer.

A table, avec mes parents, nous évoquions l'éventuelle ascension de Béchir. Mon père affirmait qu'il ne convoitait pas ce poste. Il ne voyait pas d'intérêt à devenir le responsable des Forces libanaises, n'ayant pas une vocation d'homme politique.

C'est à peu près à cette période que commencèrent les combats entre les hommes de mon père qui formaient le Parti national libéral et les partisans de Béchir, les Phalangistes. Au début, ils étaient sporadiques. Puis, très vite, des hommes de notre milice furent systématiquement attaqués par les Phalangistes. Mon père finit par se mettre en colère et appela Béchir pour lui demander de contrôler ses hommes. La rivalité entre les deux clans avait pour but le contrôle du secteur chrétien.

Béchir était prêt à tout pour contrôler la zone. Il avait même fait assassiner dans leur maison Tony, le fils de Suleiman Frangié, ex-président du Liban, sa femme et sa fille. C'était le début de sa course sanglante vers le pouvoir.

Béchir et ses hommes devenaient toujours plus fanatiques. Ils collaboraient chaque jour davantage avec les Israéliens. Je n'ai jamais compris cette alliance car il était un ardent défenseur du fascisme allemand. On disait qu'il portait parfois un badge SS et des croix gammées étaient peintes sur la plupart des quartiers généraux des Phalangistes. C'est sans doute encore par une ironie de l'histoire que les Sionistes furent amenés à soutenir un mouvement fasciste qui se réclamait d'Hitler.

73

Leur fanatisme m'apparut clairement le jour où j'accompagnai mon père pour commémorer la chute du camp de Tall El Zaatar. A cette époque, il me faisait participer à ses réunions et il commençait à apprécier ma présence. Béchir devait faire un discours du haut de la colline pour rendre hommage à tous nos hommes qui avaient perdu la vie au cours de cette bataille. Nous étions arrivés les premiers et attendions dans la voiture.

Des sirènes se mirent soudain à hurler de toutes parts et un cortège de voitures blindées apparut. Interloquée, j'interrogeai Abdo, le garde du corps de mon père : « Qu'est-ce que c'est que ce cirque? » Il me répondit que Béchir se déplaçait toujours ainsi. Depuis l'assassinat des Frangié, il craignait pour sa vie. D'ailleurs, quelques années plus tard, sa voiture fut piégée et sa fille, Maya, âgée de deux ans, mourut dans l'explosion.

Béchir bondit de sa voiture avec ses gorilles et nous sommes sortis pour le rejoindre. Derrière eux, je marchai entre deux rangs de soldats, jusqu'au sommet de la colline où un podium avait été dressé. Je n'en croyais pas mes yeux : chaque soldat nous saluait le bras tendu et claquait des talons. J'étais rouge de honte. J'attrapai mon père par le bras et lui demandai : « Mais qu'est-ce qui se passe? » « Tu vois, répondit-il, il se prend pour le Führer... » Je ne pus m'empêcher de rire. Nous arrivâmes à la tribune et toutes les personnalités officielles s'installèrent au premier rang. J'étais la seule femme dans cet océan d'hommes. J'ai encore quelques photos de presse où l'on me voit assise entre Amine Gemayel, le frère aîné de Béchir, et mon père. Béchir était sur le podium; un prêtre tenait un parapluie au-dessus de lui pour le protéger de la pluie torrentielle. Nous n'avions pas la chance d'avoir un prêtre à notre disposition et nous fûmes rapidement trempés.

Le discours fut bref. A peine terminé, tout le monde se précipita vers les voitures. Je faillis être piétinée par des milliers de gens qui cherchaient à nous voir et à nous toucher. Abdo m'attrapa par le bras, mon père par la taille et ils m'entraînèrent vers la voiture. Mes pieds ne touchaient plus le sol. Je m'assis à l'arrière, soucieuse, cherchant la signification de cette mise en scène. Béchir préparant son ascension au pouvoir devenait une certitude.

Je l'avais rencontré plusieurs fois lors de dîners, à la plage ou à l'occasion de cérémonies officielles... Il était toujours stressé, constamment sur le qui-vive. La douceur de ses yeux noirs était trompeuse. C'était un homme que rien ni personne ne pouvait arrêter. Son désir de domination était immense.

Sa volonté nourrissait son charisme. Les jeunes miliciens chrétiens étaient toujours plus nombreux à le trouver irrésistible. Mais plus sa popularité croissait, plus il abusait de son pouvoir. Il était connu pour son immense appétit sexuel et il possédait toutes les femmes qui lui plaisaient au moment et à l'endroit où il le décidait.

Béchir finissait par se moquer de tout. Il se sentait tout-puissant et ce sentiment était exacerbé par la façon dont il vivait sa vie... comme s'il devait mourir dans les minutes à venir, comme si sa propre destruction et son succès avaient été irrémédiablement liés.

Mon père n'avait pas confiance en lui. En notre compagnie, Béchir était charmant et tout sourire mais je sentais bien qu'il était en fait impitoyable. J'allais bientôt découvrir l'immensité de sa duplicité quand, pour servir ses ambitions, il se tourna contre les Chamoun.

Le climat se dégrada encore entre les Kataëbs, la

milice phalangiste de Béchir, et nous. Mon père ne voyait que le fait d'une pression extérieure au changement d'attitude de Béchir : le gouvernement israélien de Menahem Begin devenait toujours plus actif et revendicatif à l'égard des Libanais.

Begin pressait les Chamoun de se rapprocher d'Israël mais mon père lui écrivit que cette coopération devait se limiter au strict cadre du maintien de l'autonomie et de la souveraineté du Liban. Par retour du courrier, il reçut un message l'informant que le gouvernement israélien n'était pas « d'humeur à badiner ». Mon père, avec un sens de la repartie, répondit qu'il n'avait pas lu cette expression depuis Alfred de Musset. Ces échanges épistolaires marquèrent la fin des relations entre lui et les Israéliens. Ils avaient compris qu'ils ne pourraient jamais mettre mon père au pas et tournèrent leurs espoirs et leurs efforts vers Béchir.

Béchir trépignait pour arriver au pouvoir et les Israéliens l'y aidèrent. Il serait leur homme. Ils s'engagèrent à le soutenir, en pensant qu'il leur livrerait le pays. Dans leur plan d'invasion, les Israéliens n'ont jamais prévu, en effet, d'envahir Beyrouth car ils comptaient sur les accords passés avec Béchir pour réduire les Musulmans libanais au silence.

En 1982, Béchir visait la présidence de la République mais savait bien qu'un Président devait être le président de tous les Libanais et non des seuls Chrétiens. Alors qu'il fêtait sa récente élection, il refusa de coopérer avec eux et ne respecta pas son engagement. Peu après, il fut assassiné. Son frère, Amine, devint président, non sans en payer lui aussi le prix aux Israéliens. Ce prix, ce fut les massacres des camps palestiniens de Sabra et Chatila. La cruauté et la barbarie s'y donnèrent libre cours gratuitement. Le monde entier assista à cette horreur absolue commise sous les yeux des Israéliens.

Ces tueries se déroulèrent en 1982 mais, deux ans auparavant déjà, les mêmes individus, coupables de ces crimes contre l'humanité – les hommes de Béchir, d'Elie Hobeika et bien d'autres encore qui jouissent aujourd'hui d'une certaine respectabilité –, avaient été responsables du sanglant massacre de Safra pendant lequel ils essayèrent de nous tuer.

Pendant les fêtes de Pâques, des Kataëbs nous avaient déjà attaqués. J'avais passé toutes les vacances barricadée à l'intérieur de la maison. Elle était encerclée depuis cinq jours quand les tirs commencèrent. Nous étions restés isolés ainsi une semaine entière, sans aucun contact ou ravitaillement de l'extérieur. Un de nos gardes fut très gravement blessé et il nous était impossible de faire venir un médecin.

Ma mère et moi avons tenté de le soigner. Une balle lui avait traversé la tête. Nous ne savions pas s'il allait survivre. Il tremblait, étendu par terre, enveloppé dans des couvertures pleines de sang. Son front était complètement ouvert, je lui soutenais la tête et je voyais son cerveau.

Quelques hommes réussirent à sortir et partirent chercher de l'aide. Il y eut d'autres blessés pendant que mon père faisait tout son possible pour obtenir un cessez-le-feu. Il était furieux que Béchir ait laissé la situation s'envenimer à ce point. Le cessez-le-feu fut enfin proclamé et nous pûmes transporter les blessés à l'hôpital le plus proche. Quand ils furent tous partis, je regardai mes vêtements et découvris des morceaux de la chair et du cerveau du jeune milicien collés sur mon jean. Je me demandai où pouvait aller le monde avec autant de folies meurtrières. Le lendemain, Béchir vint à la maison, pour discuter. Les prêtres maronites avaient joué un rôle de médiateur entre mon père et lui. Je le revois encore jovial et poli. Tout semblait à nouveau aller pour le mieux entre mon père et lui. Peu après, je repartis pour l'Angleterre.

Deux mois plus tard, dès le premier jour de mon retour, les Chrétiens commencèrent à s'entre-tuer et ce fut sans doute la période la plus noire de la guerre, même si c'est l'une des moins connues. Cela débuta le 7 juillet 1980, une date devenue pour celle de « la nuit des longs couteaux ».

Ce matin-là, des centaines de Kataëbs en civil débarquèrent dans le paisible village de Safra où nous habitions. Ils arrivaient en voiture et dans des camions bâchés, cachés sous des couvertures, avec pour but d'anéantir la milice et le Parti de mon père. Ils se répartirent en petits groupes et attaquèrent des familles entières chez elles, encore endormies. Ils firent irruption au siège du Parti et abattirent le réceptionniste et les gardes civils. D'autres s'acharnèrent sur notre maison et tirèrent à l'artillerie lourde pendant trois heures sans discontinuer.

Quelques groupes étaient descendus des montagnes et avaient encerclé les villages environnants, coupant toutes les routes d'accès. Certains avaient lancé leur attaque depuis la mer, débarquant sur les plages des environs et tuant tous ceux qu'ils rencontraient. Les piscines devinrent rapidement des bains de sang car ils tiraient sur les baigneurs à l'arme automatique. Dans leur frénésie, ils ne faisaient même plus la différence entre leurs propres partisans et les nôtres, et tuèrent vingt-trois Kataëbs.

Les Phalangistes arrêtèrent les ouvriers pakistanais et égyptiens qui travaillaient dans la station balnéaire, les alignèrent contre un mur et les abattirent.

Ils tuaient aveuglément, sans faire aucune distinction entre civils et miliciens, entre jeunes et vieux. Ils surgissaient dans les maisons et tuaient tout le monde. Ils jetaient les gens par les fenêtres des grands hôtels qui surplombaient la mer et leur tiraient dessus pendant qu'ils tombaient.

Toutes les routes du littoral étaient interdites. Les journalistes étaient refoulés. Personne ne savait ce qui se passait. Béchir avait fait censurer les supports d'information du secteur chrétien et personne ne se serait risqué à publier la moindre chose. Béchir était en train d'atteindre son objectif, avec l'aide des militaires israéliens : réduire à néant la milice de Dany Chamoun, les Tigres, aux côtés desquels il s'était battu depuis cinq ans, pour régner seul en maître sur le secteur chrétien.

Toutes les permanences du Parti national libéral de la région étaient assiégées. Près de cent cinquante innocents furent assassinés et des centaines d'autres blessés. Quand les Kataëbs eurent terminé leur boucherie, ils creusèrent des fosses communes et y jetèrent les corps, sans autre formalité.

Ce matin-là, j'étais à la maison et prenais un bain de soleil sur une chaise longue. J'étais arrivée de Londres dans la nuit et rêvais de me reposer. Soudain, j'entendis un terrible sifflement au-dessus de ma tête. Il semblait venir de nulle part. Sous mes pieds, le sol trembla. Avant d'avoir eu le temps de comprendre ce qui arrivait, je me suis retrouvée face contre terre. Le souffle de l'obus, tombé dans la mer juste devant la maison, m'avait projetée hors de mon fauteuil. Je pensai : « Mon Dieu, que se passe-t-il ? » Puis, une pluie d'obus et de mortiers s'abattit sur la maison. Je me relevai et me précipitai à l'intérieur. Ma mère courait vers moi. Sur nos visages se lisait une totale incompréhension. Nous ne savions absolument pas qui nous attaquait mais on nous bombardait avec la claire intention de rayer définitivement de la carte notre village. Mon père avait confiance en Béchir depuis leur dernière réconciliation et n'avait pas pensé un instant qu'il pourrait une nouvelle fois essayer de nous anéantir. Il était donc tranquillement parti à huit heures à son travail sans se douter de ce qui allait arriver.

Instinctivement, j'enfilai un pantalon et un T-shirt. Celui qui me tomba sous la main était aux couleurs de notre milice, hélas. Si j'avais pu prévoir la suite des événements, j'aurais bien évidemment évité d'avoir le blason des Tigres au beau milieu de la poitrine, ce qui mit en fureur tous les Phalangistes dès que je fus à l'extérieur. Je constatai très vite que notre isolement était total : certains de nos partisans avaient trahi et saboté nos moyens de communication.

J'attrapai des armes et ordonnai à ma mère et à ma grand-mère de s'éloigner de la fenêtre, les éclats d'obus fusaient en tous sens. Dans toute la maison, de grandes baies vitrées donnaient sur la mer et ces grands panneaux de verre nous mettaient en danger. Les bombardements étaient terrifiants. Je rampai vers les stores de bois pour les fermer quand je fus brusquement environnée par un éclair. Instantanément mon visage me brûla terriblement. Je ne ressentais aucune douleur mais un liquide chaud se mit à couler sur mon visage et je fus rapidement au milieu d'une flaque de sang. Portant ma main à mon visage, j'enlevai du coin de mon œil un morceau de métal de la taille d'une grosse pièce.

Je me retournai vers ma mère et Nana qui se mirent à hurler en me voyant. En me relevant, je me précipitai vers elles. Il n'y avait pas de temps à perdre. Je les pressai de descendre et nous nous réfugiâmes au sous-sol, munies des quelques armes. Nous entendîmes une énorme explosion alors que ma mère et moi posions les pieds sur la dernière marche de l'escalier. Des balles de gros calibre traversaient les fenêtres, sifflaient au-dessus de nous et se logeaient dans les murs de la cage d'escalier. Ils avaient dû apercevoir nos ombres et faisaient feu depuis la plage avec des armes antiaériennes. Nana, qui descendait moins vite, était restée derrière nous et nous ne l'entendions plus. « Nana ? Tout va bien ? » criai-je.

Elle répondit : « Oui, oui, je me dépêche. » Elle apparut recouverte de plâtre. Quelques instants après, j'entendis un homme crier à plusieurs reprises mon prénom. L'appel était insistant. Je regardai ma mère... Était-ce un piège ?

Nous décidâmes, ma mère et moi, d'aller voir ce qui se passait. Nous sommes remontées et avons traversé le salon à plat ventre jusqu'à sa chambre située du côté de la maison d'où provenaient les appels. Nous n'osions pas regarder par la fenêtre, de peur de recevoir une balle en pleine tête.

Je regardai par la fente entre le conduit d'air conditionné et le mur et vis trois hommes armés. L'un d'entre eux pointait son revolver sur la nuque de notre voisin et le contraignait à nous appeler. Nous repartîmes, toujours en rampant, vers la salle de bains du sous-sol pour nous barricader.

Nous sommes restées assises là pendant une demi-heure. Ma mère me nettoya le visage. Mon œil, qui était maintenant complètement recouvert d'une plaie remplie de pus et de sang, me faisait de plus en plus mal. Nous attendîmes là sans vraiment savoir ce qui allait arriver. Nous n'avions plus de contact avec l'extérieur et aucun moyen de joindre mon père. Les bombes tombaient toujours et la maison tremblait à chaque explosion.

Malgré les déflagrations, j'entendais des hommes courir au rez-de-chaussée. Il devaient être une vingtaine, hurlant des ordres. Ils trouvèrent la porte qui menait au sous-sol et crièrent : « Y a-t-il quelqu'un ? » Ils descendirent et s'approchèrent de notre cachette. Je savais que nous ne pourrions rien faire d'autre que nous rendre. Après avoir caché nos armes du mieux possible, je répondis : « Qui êtes-vous ? » Les hommes tambourinèrent contre la porte en nous ordonnant d'ouvrir. Je continuais à demander : « Qui êtes-vous ? Que voulez-vous ? »

L'un d'entre eux cria : « Nous sommes des Phalangistes, si vous n'ouvrez pas, nous vous tuerons. » J'interrogeai ma mère du regard, elle hocha la tête comme pour me dire que nous n'avions pas le choix.

Si je n'ouvrais pas, ils nous tueraient ; et si j'ouvrais, ils nous tueraient très certainement aussi. Mon cœur battait très fort, j'avais le sentiment que seule cette porte nous séparait de notre fin inéluctable. Contrainte, j'ouvris et regardai la mort en face. Nous nous observâmes fixement pendant quelques instants et le chef des Phalangistes me demanda : « Vous êtes blessée ? » Il n'eut pas besoin d'attendre ma réponse pour le découvrir lui-même. « Nous allons vous emmener d'ici, préparez vos affaires », dit-il.

Il nous poussa hors de la salle de bains. Ma mère monta dans sa chambre avec ma grand-mère. Je restai au rez-de-chaussée gardée par des miliciens. Ils maudissaient les Chamoun au point d'arracher nos photos de leur cadre, en crachant dessus et en les piétinant.

Je n'avais même plus peur. Je me moquais éperdument de ce qui pouvait arriver. J'étais calme et détachée. L'un des hommes m'accompagna dans ma chambre et m'ordonna de prendre mes affaires.

« Quelles affaires ? » pensai-je ; tout me semblait devenu inutile et même futile face à cette mort que je croyais certaine.

Avant de monter, Nana m'avait murmuré « Prends tes bijoux ». Mes bijoux... cela me semblait dérisoire. J'ouvris un tiroir et le milicien qui ne me lâchait pas d'un pas me donna un coup de crosse, comme pour m'empêcher de prendre ces quelques objets. « Que fais-tu ? » Je le regardai avec arrogance et lui répondis sèchement.

– Je prends mes affaires comme vous me l'avez demandé. Ça vous dérange ? Ou, peut-être, êtes-vous aussi des voleurs, en plus d'être des tueurs ?

– Nous ne sommes pas des voleurs, rétorqua-t-il.

Il mentait bien sûr car, avant de partir, ils pillèrent toute la maison, avant de la faire sauter.

– Bien, dis-je. Vous êtes donc seulement des tueurs.

Je pris mes quelques bijoux et les glissai négligemment dans la poche de mon pantalon.

En haut, j'entendais le ton monter. Je levai la tête, angoissée. Ma mère avait apparemment des problèmes et expliquait en arabe aux miliciens qu'il n'y avait pas d'autres armes que celles qu'ils avaient déjà prises. Mon père rangeait ses meilleures armes dans un placard de leur chambre. Il y avait un Automag, un magnum. Je montai la rejoindre mais la porte de la chambre était gardée par un Phalangiste qui m'empêcha d'y pénétrer.

Exaspérée, j'écartai brutalement le canon de son fusil pointé vers moi et entrai en criant : « Arrêtez de vous comporter de façon aussi stupide ! » Le Kataëb, surpris par tant d'audace, n'essaya pas de m'arrêter. Je leur expliquai en arabe qu'il n'y avait pas d'autres armes et qu'il était inutile de tourmenter ma mère davantage.

Ils nous poussèrent toutes dehors, ma mère, ma grand-mère qui était une vieille dame de quatre-vingt-cinq ans, et moi. Les balles fusaient de toutes parts. Ils se servirent de nous comme boucliers, nous jetèrent dans une voiture puis démarrèrent.

Sur le bord de la route, il y avait de nombreux corps mutilés et ensanglantés. C'était une vision d'apocalypse. Un homme gisait au milieu de la route, une large flaque de sang entre les jambes ; on lui avait coupé les organes génitaux. Il était encore vivant et, quand il vit la voiture s'approcher, il leva faiblement la main. Je suppliai les Phalangistes de s'arrêter pour lui porter secours. Ils ricanèrent et roulèrent sur son corps. J'étais révulsée.

Tout était arrivé si vite. Entassées dans cette voiture, nous roulions vers une destination inconnue, conduites par des tueurs sans pitié.

Mon visage me faisait souffrir et je ne voyais plus de l'œil gauche. On s'arrêta à trois reprises. D'abord dans un village près de Safra, au siège du Parti phalangiste, où ma mère et moi fûmes traînées hors de la voiture et exhibées devant une foule de Phalangistes qui jubilaient. Dès qu'ils remarquèrent mon T-shirt avec les emblèmes des Tigres, ils m'agrippèrent et me projetèrent violemment contre un mur avec l'intention de m'exécuter. Mais le type qui nous accompagnait me tira vers la voiture et nous repartîmes vers un autre village tenu par les Kataëbs, situé dans la colline qui dominait Safra. L'endroit était désert. Nous nous sommes alors dirigés vers le village de Sabra où était installé le quartier général des Phalangistes. Ils s'arrêtèrent devant leur bureau et nous laissèrent là, enfermées dans la voiture, durant une demi-heure. De nombreux curieux s'arrêtaient pour nous dévisager. Un homme s'approcha en proférant des insultes et en agitant son bras blessé qu'il avait en écharpe, il criait :

« Regardez! Regardez ce que ces fils de putes d'Ahrar m'ont fait! » (En arabe, Ahrar signifie « libéral », c'était le nom donné à notre parti). Je passai ma tête par la portière et lui montrai mon visage couvert de sang séché en lui hurlant en arabe : « Regarde, toi, ce que ces fils de putes de Kataëbs m'ont fait! Alors laisse-nous tranquilles avant que je me fâche! »

Je ne devais vraiment pas être belle à voir car l'homme recula précipitamment. Il comprit aussi à ma voix que je ne supporterais pas longtemps ses inepties.

Un milicien vint enfin nous chercher et nous conduisit dans une pièce déserte pour attendre que le chef phalangiste de la région nous reçoive. Nous entrâmes dans une immense pièce ; il était assis derrière un grand bureau, ma mère et moi face à lui. Il n'était ni poli ni désagréable, mais avait l'air plutôt intrigué, sans savoir visiblement ce qu'il devait faire de nous.

Je lui conseillai de me laisser appeler mon père car, s'il nous pensait mortes, il pointerait ses canons contre eux et les ferait disparaître de la surface de la terre. C'était bien sûr du bluff mais l'homme accepta. Après plusieurs tentatives, je finis par l'avoir en ligne. J'entendais à peine le son de sa voix mais j'étais soulagée de lui parler.

Je lui expliquai sommairement la situation, tout en le rassurant. Il me dit qu'il était dans les montagnes et qu'il ne savait pas quand nous nous reverrions. Il me conseilla d'essayer de gagner la partie ouest de Beyrouth ou le ministère de la Défense. Je lui répondis que je ne connaissais aucun endroit dans cette zone où nous puissions aller. Je n'avais pas remis les pieds dans le secteur musulman depuis le début de la guerre. Il paraissait maintenant plus sûr que le secteur chrétien. Mon père me conseilla d'aller nous réfugier dans un hôtel, si possible. Il y eut quelques secondes de silence... Puis, doucement, il me dit qu'il ne savait pas s'il me reverrait un jour et que je devais protéger ma mère. Je raccrochai le téléphone le cœur serré. Je ne savais que faire et retournai m'asseoir sur ma chaise.

Un homme de forte corpulence entra dans la pièce, salua le responsable de la région et lui tendit une feuille de papier. Il nous regarda, se retourna vers son chef et lui demanda en arabe : « Ce sont ces deux putains de Chamoun ? »

Le commandant acquiesça. Le type sortit son revolver, l'arma et le pointa sur ma tempe. Je me retournai et le regardai fixement. Je compris à cet instant ce que signifiait l'expression « un regard assassin ».

Jamais je n'avais vu autant de haine dans les yeux de quelqu'un. Je me demandai ce qui pouvait bien provoquer tant de dégoût chez cet homme que je n'avais jamais vu de ma vie. Mon nom seul lui donnait un motif suffisant pour me tuer sur-le-champ avec plaisir. J'avais la sensation que la balle traversait mon corps, je me voyais déjà morte mais je m'en moquais. Il laissa son arme braquée sur mon visage. Je restai immobile en le regardant avec insolence. Je le fixais avec toute la haine dont j'étais capable. Il finit par baisser son revolver et vint s'asseoir derrière moi. Je ressentais la brûlure de ses yeux dans mon dos.

Ni ma mère, ni moi n'avons prononcé un mot pendant ce face-à-face. Deux prêtres, désignés comme médiateurs, entrèrent alors dans la pièce. Le massacre avait duré douze heures et les crimes des Kataëbs commençaient à être connus. Si nous avions été tuées pendant l'attaque de la maison, notre mort aurait pu passer pour un accident. Mais, maintenant notre présence devenait encombrante.

Grâce à la négociation menée par les prêtres, nous fûmes enfin relâchées. Ils nous emmenèrent, pour trouver refuge, dans l'une des dernières permanences du Parti national libéral dans la région. Je passai la nuit entière à essayer de contacter mon père par radio. Il était poursuivi dans les collines et, dans sa fuite, détruisait un à un tous les dépôts de munitions. Il s'était retiré encore plus loin dans la montagne. Les Kataëbs, arrivés jusqu'à Faqra, avaient détruit notre chalet, exécuté plusieurs ouvriers du chantier et tué notre chien, Shadow.

Dans la matinée, les bureaux du Parti furent soudain envahis par les Kataëbs. Nos hommes n'avaient pu contenir l'assaut et il devenait très dangereux pour nous de rester là. Par chance, un ami de mon père, Nabil, avait réussi à passer les barrages et à parvenir jusqu'à nous. « Fais-nous sortir d'ici le plus vite possible », lui dis-je.

Je réveillai ma mère, Nana, Um Michel et le chien et nous nous enfuîmes dans sa voiture. Dans le désordre qui régnait, personne ne fit attention à notre départ. Sur les routes qui menaient au centre-ville, nous croisâmes de nombreux chars et des Kataëbs agitant victorieusement leur bannière. « Quelle misérable victoire », pensais-je. J'avais honte pour eux de les voir se réjouir ainsi du massacre de leurs frères. J'avais honte et en même temps ils me faisaient pitié. Ils ne savaient pas, car personne ne le leur disait, que leurs actes nous menaient inexorablement à la catastrophe. Béchir avait contaminé tous ces Chrétiens qui croyaient en lui et leur avait transmis sa soif de pouvoir. Après ce massacre, les Chrétiens continuèrent à s'entre-tuer pour contrôler les Forces libanaises et le secteur chrétien. Ils ne voyaient même plus que, paradoxalement, ces démonstrations de force et de violence trahissaient leur faiblesse. Leur avidité de pouvoir les aveuglait tant qu'ils ne se rendaient plus compte que la Syrie profitait de leurs divisions.

Nous étions partis directement vers le ministère de la Défense. Dès notre arrivée, notre première urgence fut de localiser mon père pour le sauver. Nous avons convaincu les autorités d'envoyer un hélicoptère pour l'arracher à ses montagnes. Amine Gemayel, afin de tenter d'effacer les horreurs commises par son frère Béchir, alla en personne le chercher.

Bientôt, nous nous sommes à nouveau retrouvés tous ensemble.

Au début, nous fûmes hébergés par des amis. C'était très généreux de leur part, car notre présence chez eux les rendait vulnérables. Plus le temps passait, plus j'étais scandalisée par ce qui arrivait. Régulièrement, on nous rapportait des épisodes toujours plus atroces de cette « nuit des longs couteaux ». Jacob, un fidèle membre du Parti et ami de la famille, qui nous avait toujours aidées ma mère et moi, était tombé entre les mains des Kataëbs. Ils avaient surgi dans sa chambre pendant son sommeil et s'étaient mis à le torturer, lui coupant les oreilles, lui tirant des balles dans les jambes. Ils l'avaient finalement attaché à son lit avec des explosifs sur le ventre et y avaient mis le feu. Sa femme et leur fille Tracy – qu'ils avaient prénommée comme moi par déférence – avaient été contraintes d'assister à l'exécution.

Plus j'entendais ces récits, plus grandissait en moi un sentiment de culpabilité : tous ces êtres mouraient parce qu'ils étaient associés d'une façon ou d'une autre à ma famille et à mon nom...

Ce conflit, bien qu'important, s'était déroulé dans une zone très localisée et le reste de la population n'en avait rien su. Les Libanais non concernés avaient continué à aller à la plage ou à donner des fêtes. Nous seuls, et ceux qui avaient un lien avec nous, avions souffert.

Après les atrocités que je venais de vivre, je me suis détachée de plus en plus de mon entourage. Je me sentais très seule, sauvage, comme emmurée dans ma souffrance.

Un jour, je me suis obligée à aller dans une soirée donnée par des amis. A peine arrivée, je n'ai pensé qu'à fuir tant je me suis sentie en décalage avec cet univers. Tout ayant été détruit dans notre maison, je n'avais plus rien et je portais un jean que je venais d'acheter. Les invités, eux, étaient habillés par des couturiers de renom, les femmes brillaient des feux de leurs bijoux fantaisie. Dès que j'entrai dans la pièce, le silence se fit. Tout le monde fut très courtois avec moi, tous me saluèrent en prononçant des mots convenus de soutien et de réconfort, mais je sentais bien que ma présence les mettait mal à l'aise. Elle ravivait chez eux de douloureux souvenirs et jetait une ombre de culpabilité sur ce moment de détente.

Je n'osais pas parler des terribles événements que ma famille venait de vivre mais j'étais malheureusement incapable de m'intéresser à leur conversation.

Leurs discutions à propos de vêtements, de recettes de cuisine, des derniers résultats sportifs ou d'amis communs... tout cela me semblait tellement dérisoire. Au fur et à mesure je me murais dans le silence. Je restais à la porte du patio et les regardais danser et discuter par petits groupes. Un superbe buffet avait été dressé et les reflets de la lune scintillaient dans l'eau de la piscine. Malgré cette réception somptueuse, mes pensées étaient pleines de détresse. Je n'avais pas le cœur à m'amuser et je me sentais étrangère à la joie de ces gens qui continuaient à vivre, sans se soucier de la guerre ni de ses atrocités. J'avais l'impression que même ma mort n'aurait pas d'importance pour eux. Ils s'arrêteraient peut-être une seconde puis reprendraient tranquillement le cours de leur vie...

Parfois, j'aurais vraiment désiré que les Libanais cessent de faire semblant de croire que tout allait pour le mieux et qu'ils pouvaient continuer à vivre comme si de rien n'était. Notre force, au dire de certains, résidait justement dans notre refus de modifier nos habitudes. Bien sûr, c'est admirable mais l'important est de savoir *sur quoi* se base ce refus. Nous n'avons jamais tiré les leçons de nos erreurs; comme si un mécanisme inné nous permettait de survivre en remplaçant systématiquement dans nos cœurs la souffrance par un simulacre de joie de vivre. Nous aurions dû nous arrêter, réfléchir, ne serait-ce qu'une fois, pour prendre le temps de regarder à l'intérieur de nous-mêmes et sortir grandis de notre malheur. Nous aurions dû écouter les leçons qu'essayait de nous donner la vie. A force de refuser de voir la réalité, notre pays s'est gangrené. Nous nous sommes bercés d'illusions. Ignorant les maux, nous n'avons pas cherché les remèdes.

La presse finit par s'intéresser aux atrocités

commises lors de l'attaque du 7 juillet. Elle m'interviewa et je racontai ce que j'avais vécu comme je le fais aujourd'hui dans ce livre. Mon témoignage fut diffusé sur plusieurs radios, notamment dans le nord du pays, zone contrôlée par les Frangié où Béchir était haï depuis l'assassinat de Tony et de sa famille, et dans le sud où s'étaient implantés les Druzes qui détestaient les Kataëbs. Après la diffusion de ces interviews, ma vie se trouva de nouveau menacée. Même mes plus proches amis cessèrent de me téléphoner ou de me rendre visite, de peur d'être la cible de représailles.

Mon grand-père se fâcha et me conseilla de m'abstenir de faire des déclarations. Mais je refusai. Il fallait bien que quelqu'un témoigne, ne serait-ce que par respect pour ceux qui étaient morts et pour leur famille en deuil. Les dissensions étaient si grandes au sein même de la communauté chrétienne que des amis – avec lesquels j'avais grandi – me traitèrent de traître. Ils pensaient que je devais accepter ce qui s'était passé, et taire ma colère et le dégoût que je ressentais face au comportement de Béchir.

Mes rapports avec mon grand-père furent de plus en plus tendus. Béchir avait tenté de nous tuer et pourtant, dès le lendemain, mon grand-père fut pris en photo en train de lui serrer la main. Béchir devint bientôt son protégé. Je me sentais complètement trahie. Ne s'était-il pas rendu compte de ce que nous avions vécu à Safra? Qu'aurait-il pensé si l'ambition de cet homme avait provoqué la mort de toute sa famille, y compris de ses deux fils?

A cette époque, je ne pouvais pas comprendre son attitude envers mon père et nous. Maintenant, je sais qu'il était inquiet et qu'il nous soutenait. Il ne serrait pas vraiment la main des Gemayel, il la leur tendait simplement, malgré le comportement infâme de Béchir.

Aujourd'hui seulement, j'entrevois ses raisons. Je comprends pourquoi il a agi ainsi. Mon grand-père voulait protéger, avant sa famille et sa propre vie, la communauté chrétienne du Liban. Il pensait que c'était sa mission. Il connaissait les terribles conséquences de l'attaque menée par Béchir, conséquences que nous payons toujours aujourd'hui. Béchir avait violé quelque chose de sacré : il est le premier à avoir justifié le meurtre de Chrétiens par d'autres Chrétiens. Nous avions signé notre arrêt de mort et c'est ainsi que, des années plus tard, les Syriens pourraient contrôler le Liban. Les Chrétiens étaient bien trop occupés à s'entre-tuer pour regarder au-delà de leurs querelles internes. Ils ne situèrent pas leur conflit dans le contexte des bouleversements que subissait le Moyen-Orient dans son ensemble. Ils ne comprirent pas les motivations réelles ni le rôle exact que jouaient les Syriens depuis leur première apparition sur la scène libanaise, en 1975, au début de la guerre.

Je crois qu'en 1980, après le bain de sang, mon grand-père savait que Béchir avait commis un acte irrémédiable. Mais il ne lui résista pas car il savait aussi que toute résistance de sa part provoquerait un autre massacre pour les Chrétiens. Il pensait qu'en aidant Béchir à accéder au pouvoir il pourrait peut-être exercer sur lui une certaine influence et surtout éviter que les Chrétiens ne s'entre-déchirent. Il agissait guidé par la raison et la sagesse, mais j'étais trop sous le coup des émotions pour m'en rendre compte. J'étais sûre que mon grand-père ne cherchait que son intérêt personnel et qu'il était plus préoccupé par sa carrière politique que par son amour pour sa famille. Je me sentais aban-

AU NOM DU PÈRE

donnée et ce qui me semblait une trahison de sa part me consternait.

Nous nous sommes alors installés dans une maison en ruine à Baabda, près du palais présidentiel. Je pouvais circuler librement mais dans un périmètre restreint. Au-delà ma vie était en danger. La plupart du temps, je restai à la maison en compagnie des rares amis qui continuaient à nous voir.

Une nouvelle fois, nous étions dans une maison sans le moindre meuble. Nous dormions sur des matelas par terre et souvent des miliciens qui ne pouvaient pas rentrer chez eux dormaient à même le sol.

Lors d'une de ses visites, ma cousine Carole – que je considère comme ma sœur – me proposa de l'accompagner au club sportif de Yarzeh pour me changer les idées. Ce village étant situé dans la zone de sécurité, j'acceptai. Sur la route, j'eus un étrange pressentiment. En arrivant, Carole me dit : « Regarde, c'est la voiture de ton père, il doit être là. » Nous entrâmes dans le club protégé par un portail en métal. A l'entrée, je découvris mon père enlacé avec Ingrid, sa petite amie. Ils s'embrassaient. Je n'en croyais pas mes yeux, mon cœur s'arrêta. Mon père me vit et, embarrassé, repoussa vivement la jeune femme. Il s'approcha pour me la présenter. Je sentais tous les regards se tourner vers moi et guetter ma réaction. J'étais tellement bouleversée que je tournai les talons et partis en courant. Comment pouvait-il nous faire souffrir après tout ce que nous avions enduré pour lui, ma mère et moi ? Pourquoi continuait-il à bafouer ainsi notre amour ? Je courais, sans but, en pleurant. Carole me rattrapa et me dit : « Reviens. Essaie de faire bonne figure. Que vont dire les gens ? » Je lui répondis que je m'en foutais. Je me sentais injuriée. Nous avions failli mourir à cause de lui la semaine dernière et aujourd'hui, une fois de plus, il ne se rendait même pas compte du mal qu'il nous faisait.

C'en était trop. Il y avait d'abord eu la trahison de mes frères chrétiens. Puis, mon grand-père qui s'alliait avec ceux qui voulaient assassiner les siens. Et maintenant mon père qui détruisait notre famille en se jetant dans les bras d'une autre femme. Un immense chagrin m'envahit. Je compris que, pour survivre sans sombrer dans la folie, je devais partir, quitter mon pays.

Je rentrai à la maison. Mon père arriva peu après. Dans ses yeux, je lus cette supplique : « Ne dis pas à ta mère que tu m'as vu avec Ingrid. » Sa culpabilité me dégoûta encore plus. Je ne dis rien à ma mère, je n'en eus pas besoin. D'autres personnes, bien intentionnées, avaient déjà pris soin de le lui raconter.

Je convainquis alors ma mère de partir avec moi. Nous avions toutes les deux besoin de prendre l'air, loin d'ici. La guerre avait infecté nos vies et tout ce en quoi nous avions cru s'effondrait soudain. Je prévins mon père que nous partions toutes les deux. Il acquiesça et promit de nous rejoindre très vite.

Je ne pourrai jamais oublier ce voyage vers l'aéroport, quelques jours plus tard. Je me demandais si je reviendrais un jour. Sous mes yeux défilaient les collines et leurs vergers, la Méditerranée scintillait sous le soleil et mon cœur s'emplit d'une immense tristesse. J'aimais tant ce pays et pourtant, je devais le quitter, contrainte et forcée.

A peine assise dans l'avion, désespérée, j'entendis quelqu'un qui parlait de moi. Je me retournai et la jeune femme me demanda :

– Vous êtes Tracy Chamoun, n'est-ce pas ?

Elle se pencha vers moi, me prit les mains et dit humblement :

AU NOM DU PÈRE

- Je voulais vous remercier du fond du cœur.
- Me remercier de quoi ?
- D'avoir témoigné de toutes ces atrocités qui ont été commises. Nous sommes nombreux à penser comme vous mais nous n'avons pas osé parler.

Ces mots me réchauffèrent le cœur. L'avion décollait et je retrouvai, grâce à cette inconnue, la force d'espérer.

IV

J'arrivai à Londres, envahie par le ressentiment. Quelque chose s'était brisé en moi durant cette dernière épreuve. Je n'étais pourtant pas vraiment consciente de ces changements qui me rongeaient peu à peu et détérioraient mon existence...

Je crois que j'étais simplement en état de choc. Mon corps subissait maintenant les contrecoups des horreurs que mon esprit avait dû endurer. A peine arrivée en Angleterre, je me suis couchée et dormis dix jours d'affilée. Comme si l'on m'avait donné un grand coup sur la tête. Mon corps se mettait en veille pour digérer tous ces bouleversements. Je me sentais comme un animal blessé qui se réfugie dans un coin du bois et dort jusqu'à la guérison.

Ma mère, quant à elle, faisait les cent pas, fumant cigarette sur cigarette.

Notre appartement londonien était tout petit et ma mère et moi partagions le même lit. Mon sommeil était régulièrement perturbé par un cauchemar que j'ai fait pendant longtemps. Dans ce rêve, le mur contre mon lit s'anime soudain. Au milieu apparaît une sorte de boule, une masse sombre, grouillante, visqueuse, frétillante, qui se transforme immédiatement et devient un

97

nid d'où des centaines de vipères, dans un sifflement assourdissant, me jaillissent au visage.

La première fois que je fis ce rêve, je sautai hors du lit, entraînant ma mère à l'autre bout de la pièce. J'allumai la lumière en hurlant : « Regarde, regarde tous ces serpents! Ils vont m'attaquer! » Je compris que ce n'était qu'un cauchemar. Il avait pourtant semblé si réel que, pendant quelques secondes, j'avais trouvé une force considérable pour bondir du lit et emporter ma mère. Nous étions assises par terre. Tout était parfaitement normal, si ce n'est les draps qui gisaient sur le tapis où je les avais jetés, et nous nous demandions s'il fallait rire ou pleurer. J'étais profondément perturbée.

En septembre, je retournai au collège. C'était ma dernière année. Je n'ai jamais compris, pas plus que mes professeurs, comment j'ai pu réussir mes examens. L'une des enseignantes me félicita en fin d'année pour cette prouesse.

Elle avait essayé de m'aider à maintes reprises mais, comme beaucoup au collège, elle ne savait pas comment s'y prendre avec moi. Ils avaient fini par penser que le mieux était de me laisser tranquille et que je réussirais sans doute à m'en sortir toute seule.

Aujourd'hui, je crois que j'étais tout simplement une écorchée vive. Je n'avais aucune notion de ce qui était important. Je n'avais aucune patience. J'étais incapable de faire le moindre projet et d'imaginer l'avenir.

Peu m'importait que je vive ou que je meure. La plupart du temps, j'étais agressive, défendant rageusement mes opinions, adoptant un comportement intransigeant. J'étais désabusée et négative. Marcher dans une rue, par exemple, renforçait mon nihilisme. Là où les autres voyaient des vitrines et des restaurants, je ne remarquais que les détritus s'amoncelant, les sans-abri, l'état d'abandon dans lequel était la ville.

Je regardais la vie à travers une vitre sale et ne pouvais détourner le regard du moindre signe d'oppression, d'hypocrisie sociale ou de cruauté.

J'étais incapable de me faire des amis. Mes livres étaient mes seuls compagnons. Je ne voyais personne et restais enfermée à la maison à étudier ou à lire. Je devins boulimique : intellectuellement, je m'occupais l'esprit et m'épuisais en me jetant corps et âme dans mes études; physiquement, je m'empiffrais jusqu'à en vomir. J'étais consciente de ces excès, mais je m'en fichais éperdument. Les quelques relations que j'avais avec des hommes me laissaient indifférentes. Je refusais les liens avec les autres. Tout me semblait hypocrite et je me méfiais des émotions.

Pendant que je me laissais sombrer, ma vie familiale continuait à se désagréger. Mon père était arrivé à Londres; il avait été blessé à la jambe par une balle qu'avait tirée l'un de ses hommes monté contre lui par Béchir. Il menait désormais une double vie, entre Paris et Londres. Il restait quelques jours avec nous puis partait rejoindre Ingrid dans un appartement qu'ils avaient loué. J'étais profondément blessée par son comportement. Chaque fois qu'il passait le seuil de notre maison, mon cœur débordait de chagrin. Pourtant, ni lui ni moi ne pouvions rien y faire; il se sentait impuissant à changer quoi que ce soit. Il ne souhaitait pas nous faire de la peine mais il n'arrivait pas à choisir entre ses deux vies. Alors, il continuait à faire mal à tout le monde, en essayant de répondre à toutes nos demandes. Quand il était à la maison, nous nous disputions sans cesse. Il m'était impossible de comprendre son attitude à notre égard. Chaque fois qu'il était là, il nous disait qu'il nous aimait. Plus rien n'avait de sens.

Mon père était dans une situation terrible, déchiré

entre la nécessité de faire face à ses obligations familiales et sa passion amoureuse pour Ingrid. Au-delà de ses difficultés personnelles, il devait accepter l'idée d'avoir tout perdu au Liban ainsi que la défaite de ses milices face à Béchir.

Il s'était entièrement investi pour sauver la communauté chrétienne et préserver la souveraineté de l'État libanais. En une matinée, ses forces avaient été balayées par Béchir dans une attaque sanglante et meurtrière. Mon père se sentait responsable de la mort de tous ceux qui s'étaient fait tuer pour lui. Son monde s'était effondré, il était maintenant en exil. Après avoir été un personnage admiré par une grande communauté, il se retrouvait seul, sans pouvoir, avec la honte du vaincu.

Quand il arriva en Europe, il jura qu'il ne ferait jamais plus de politique. Mais c'était impossible. Il s'était engagé trop longtemps dans la guerre du Liban. Il avait la politique dans le sang et il ne pouvait vivre sans responsabilités. Il prenait aussi conscience qu'il n'était plus très jeune et que peu de voies s'ouvraient à lui à l'étranger. Il ne savait pas ce qu'il allait faire de sa vie et en était profondément perturbé.

C'est dans le chagrin et la confusion que nous avons tous vécu ces années d'exil.

A ma sortie du collège, je décidai de passer une maîtrise de Sciences politiques à l'université de l'Essex.

A cette époque, je rejetais tout en bloc. J'avais coupé mes cheveux très courts, portais des vêtements « punk », me clamais anarchiste et méprisais toute forme d'émotions ou de sentiments. Dans mon esprit se bousculaient quantité de théories politiques et de grandes idées, marxisme, socialisme, révolution, psychologie, Freud, Lacan, philosophie, Kant, Hegel,

Derrida et destructuration. Plus c'était obscur, plus j'étais fascinée. Je faisais mienne toute pensée radicale et recherchais avant tout les raisons et les voies qui mènent au pouvoir. J'étais une disciple de Nietzsche dont le nihilisme et l'interprétation de l'avidité de pouvoir de l'Homme me fascinaient.

Tout ce cheminement intellectuel, aussi ridicule qu'il puisse paraître aujourd'hui, m'a aidée à analyser, contrôler puis canaliser les violentes émotions que j'avais enfouies en moi. Avec le recul, je me rends compte que j'avais instinctivement raison. Sans le savoir, j'avais compris l'origine des événements qui s'étaient produits dans mon pays et dont on retrouve les antécédents dans la Seconde Guerre mondiale.

Le génocide était devenu une obsession. Je voulais comprendre comment une race pouvait en venir à en exterminer une autre. Je cherchais aussi à évaluer la part de responsabilité du langage, comment il sert à justifier l'assassinat d'un peuple. Les gens sont étiquetés, ennemis, diables, Chrétiens, Musulmans, Juifs, Phalangistes, Palestiniens, Israéliens, Syriens... et j'avais vécu avec ces étiquettes pendant plusieurs années.

La vie est rendue abstraite par des mots qui peuvent engendrer soit l'amour soit la haine. Mon nom était lui aussi porteur de symboles. Il pouvait me sauver la vie ou me mener à la mort suivant la personne qui le prononçait. Nous perdons le contact avec la réalité en la nommant. Et nous perdons aussi le contact avec l'humanité car nous abusons de ces étiquettes. La vie individuelle ne compte plus, la seule chose qui importe est de contrôler et de manipuler les réactions des masses. Il est facile de « diaboliser » quelque chose en le qualifiant de « mauvais » et de justifier par là même son extermination. Ni plus, ni moins. Jamais nous ne nous sommes arrêtés un instant pour réfléchir et découvrir que derrière ces étiquettes se cachent des vies humaines, tout ausi fragiles et précieuses que la nôtre.

Je voulais alors écrire une thèse sur la montée du fascisme chez les Chrétiens libanais et le lien qu'ils entretenaient avec les Sionistes israéliens, dirigés par Menahem Begin et Ariel Sharon.

Je l'ignorais à cette époque mais mon intérêt pour le fascisme et le génocide était un des thèmes d'actualité dans mon pays. Sous la responsabilité des Israéliens, les milices chrétiennes s'apprêtaient à perpétrer les massacres des camps de Sabra et Chatila.

En 1982, Israël envahit le Liban. Dans mon esprit, tout s'expliquait enfin : l'attaque du 7 juillet, l'accession de Béchir au pouvoir, l'extermination des Palestiniens. Un tableau violent et sanglant commençait à s'esquisser. Mais à quel prix ? Combien de vies seraient supprimées avant qu'Israël ne soit satisfait ? 8 000 personnes furent tuées pendant l'invasion. Comme beaucoup en Europe, je regardais à la télévision les bombardements sur Beyrouth et constatais avec horreur la destruction cruelle de la ville. Le monde était impuissant. Israël avait envahi un pays souverain avec l'objectif de débarrasser le Liban des « terroristes ». Au cours de ce « nettoyage », des centaines d'innocents furent tués. L'armée israélienne fut accueillie victorieusement par les Chrétiens qui, une nouvelle fois, avaient scellé leur destin à une puissance étrangère.

J'étais en Australie au moment de l'élection de Béchir. Il me semblait que tout était écrit depuis longtemps. Béchir avait tracé sa route vers le pouvoir et il avait atteint son but. Peu lui importait que cette route soit jonchée de cadavres; la fin justifiait les moyens. Au fond de moi, j'étais sûre que justice serait faite et qu'un jour, il en paierait le prix.

Je ne pouvais imaginer qu'il puisse vivre ainsi en semant le vent sans périr dans la tempête. Je me raccrochais à cette certitude, c'était pour moi le seul moyen de supporter l'apparente victoire de cet homme.

Là-bas, je fus interviewée par le journal *The Australian*. Je condamnai ouvertement l'invasion israélienne et l'assassinat systématique des Palestiniens. Je déclarai aussi que Béchir ne survivrait pas, qu'un jour il paierait de sa vie ses péchés. A la suite de la publication, la direction du parti Kataëb envoya une lettre de protestation au journal condamnant mes propos légers et sans fondement. Cette lettre fut publiée avec une note du directeur du journal, précisant que Béchir venait d'être assassiné.

Béchir venait de périr, en effet, dans un attentat contre ses bureaux à Achrafieh, dans le secteur chrétien. On ne sut jamais qui l'avait tué, il avait tant d'ennemis. Ce ne fut qu'un geste sanglant de plus à ajouter à la longue liste des meurtres et destructions dont le Liban détient le record.

La mort de Béchir me laissa sans voix. Je l'avais tant haï qu'une fois l'objet de ma fureur disparu, je ressentis un grand vide. La colère qui m'avait dévorée s'estompa. Jusqu'à ce jour, la mort de Béchir avait été une obsession. Je ne pouvais lui pardonner sa trahison ni sa cruauté. Aujourd'hui je sais que seule la haine me maintenait en vie car la plupart du temps je regrettais d'avoir vu le jour. Elle décuplait mon énergie à poursuivre mes études, ma seule ambition étant de pouvoir un jour venger ceux qui avaient perdu la vie dans les mains impitoyables de Béchir.

J'avançais dans la vie, n'épargnant rien ni personne. Je me détruisais. Je n'étais ni consciente de la valeur de ma propre vie ni de l'existence de ceux qui m'entouraient. Je ne me rendais pas compte à quel point cette haine me consumait.

J'étais de retour en Angleterre quand furent connus les massacres de Sabra et Chatila, les deux plus importants camps de réfugiés palestiniens installés dans la banlieue de Beyrouth. C'étaient des bidonvilles faits de tôle ondulée, misérables et insalubres. Quand j'appris la nouvelle, je fus horrifiée. Les photos dans les journaux, les images à la télévision, étaient insoutenables. La description du massacre ne m'était pas inconnue. J'avais une horrible impression de déjà vu.

Après la mort de Béchir, l'armée israélienne était entrée dans la capitale avec les Phalangistes afin de prévenir, selon la version officielle, tout acte de représailles.

Il est étonnant de constater que l'homme crée et propage ce dont il a le plus peur. Il y a toujours un corollaire entre l'objet de sa peur et son désir de la surmonter. Il semble qu'il se laisse toujours prendre dans le piège qu'il cherchait justement à éviter, comme si la peur le poussait à semer les graines de sa propre destruction. Menahem Begin est un survivant de l'Holocauste. Sa crainte obsessionnelle de revivre les horreurs du passé l'entraîna inéluctablement à les répéter. La plus grande tuerie de ces dernières années eut lieu au Liban, dans les camps palestiniens de Sabra et Chatila. Ce fut un carnage effroyable, qui doit être assimilé à un crime de guerre. Des milliers de civils furent exterminés. Les vieux, les hommes, les femmes, les enfants, les nouveau-nés, les animaux furent massacrés de sang-froid, gratuitement, avec frénésie et un plaisir diabolique.

Les Israéliens affirmèrent qu'ils n'avaient pas tué de leurs propres mains. Mais ils étaient restés là, sans bouger, à regarder. Ils fournirent aux assassins une aide militaire, notamment la nuit, en tirant dans le ciel des fusées éclairantes pour permettre aux tueurs de poursuivre leurs horreurs.

L'histoire se répétait. Pendant la Seconde Guerre mondiale, certains Allemands, dont les actes inhumains ont à jamais souillé l'histoire de leur peuple, montaient la garde à l'extérieur des camps de concentration. A leur tour, les Israéliens prétendirent ne rien avoir vu ou choisirent simplement de ne pas regarder ce qui se passait dans les camps. Comme si un tel aveu pouvait compromettre leur propre existence, révélant le mensonge vital, l'immense supercherie qui les avaient amenés au cœur du conflit.

Devant l'horreur des massacres de Sabra et Chatila, ces principes protecteurs s'étaient évanouis et laissaient apparaître la nature plus vile des motivations israéliennes. Ils s'étaient laissé piéger par l'ignominie de leurs actes. Leur haine des Palestiniens leur en cachait le véritable sens. Israël, né du désir d'offrir un sanctuaire au peuple juif, après les massacres et la tentative d'extermination dont il fut victime, a perdu sa propre conscience et, aveuglé par la haine, a perpétré dans ce camp les pires exactions à l'image de celles qui hantaient encore sa mémoire.

Dans le sillage de la mort de Béchir, le serpent de mer appelé « représailles » émergea donc à nouveau. Les miliciens chrétiens de Béchir, derrière leur chef, Elie Hobeika – un nom que je ne pouvais oublier depuis la tuerie de Safra – entrèrent dans les camps et, pendant quarante-huit heures, ils violèrent, poignardèrent, démembrèrent et fusillèrent au moins deux mille êtres humains qu'ils entassèrent ensuite dans des fosses communes. Rien d'étonnant à ce que je fusse pétrifiée d'horreur, à Londres devant ma télévision. Je savais ce qu'ils étaient capables de faire, Safra n'avait été qu'un début. Depuis, ils avaient eu le temps de mettre au point leur technique de massacres à grande échelle.

Elie Hobeika était très lié à Béchir. Originaire de Damour, il avait vu sa famille et ses proches massacrés par les Palestiniens. Dans les années qui suivirent, il prit toujours plus d'importance au sein des Forces libanaises; ses amitiés étaient disparates et ses actes d'une extrême violence. D'abord proche des Israéliens, il se lia ensuite aux Syriens. Hobeika a joué un rôle sanglant dans l'histoire de mon pays et a participé activement à l'invasion syrienne de 1990, invasion qui a conduit à l'assassinat de mon père, de mes frères et d'Ingrid.

Je crois qu'il serait injuste de parler de Sabra et Chatila comme d'un fait historique abstrait. Robert Fisk, reporter à *The Independant*, fut l'un des premiers à pénétrer dans les camps. Il a décrit ce spectacle de désolation avec une vibrante émotion. J'aimerais citer ici un passage de son témoignage pour que l'on prenne conscience du degré d'horreur que ces tueries ont atteint.

Dans son livre *Pity the Nation*, il écrit : « Le sol s'enfonçait sous mes pas. Une espèce de fange bougeait et vibrait sous le poids de mon corps, comme un effroyable tapis moelleux. Je regardai par terre et découvris des corps et des visages recouverts d'une mince couche de sable. Ce que je pris tout d'abord pour une grosse pierre était en fait un estomac. Je reconnus une tête humaine, une poitrine de femme dénudée, un pied d'enfant. J'étais en train de marcher sur des dizaines de corps qui se déplaçaient au gré de mes pas. »

AU NOM DU PÈRE

Devant de telles descriptions, je me rends compte avec effroi combien nous sommes devenus insensibles à la véritable signification de ces mots « crime », « viol » ou « massacre ». Ils sont si souvent employés dans la presse qu'ils sont devenus des concepts abstraits.

Pour avoir vécu de telles horreurs, je sais toute l'énergie destructrice qu'il a fallu pour que ces gens puissent tuer des milliers de personnes. Je me demande souvent quelles pouvaient être les pensées des meurtriers quand ils tiraient sur d'autres êtres humains. Comment pouvaient-ils vivre après avoir commis de telles atrocités ?

Que ressentaient-ils face à ces êtres suppliants au moment où ils leur tranchaient la gorge ou couchés sur ces femmes terrorisées dans lesquelles ils crachaient leur semence ?

S'ils haïssaient tant ces gens au point de les tuer, comment peuvent-ils justifier leurs débordements sexuels ?

Ont-ils commencé par tuer les femmes ?

Comment ont-ils pu faire ce qu'ils ont fait ?

Que s'est-il passé dans leurs têtes pour qu'ils puissent prendre du plaisir à ces atrocités ? Car ils y ont nécessairement pris du plaisir, sinon comment auraient-ils pu les commettre avec tant de détermination et de bestialité.

Quand ils eurent terminé, sont-ils rentrés directement chez eux avec leurs vêtements puant la mort, couverts de sang, de chair humaine et d'excréments ?

Qu'ont pensé leurs familles ?

Qu'ont-ils fait de leurs vêtements ?

Qu'ont-ils pensé en se regardant, une fois revenus dans l'intimité de leur maison ?

Ont-ils simplement nettoyé les traces de leurs immondes crimes, puis sont-ils allés se coucher ?

Je me suis souvent posé ces questions après l'assassinat de mon père et de sa famille en 1990. Qu'ont ressenti les tueurs après avoir poursuivi un petit garçon de cinq ans jusque dans sa chambre, l'avoir extirpé de dessous son lit pour finalement cribler son corps de balles pendant qu'il hurlait de peur et de douleur ?

Telle est la réalité. Les morts ne se posent plus de questions. Mais qu'en est-il des vivants qui les ont tués, comment peuvent-ils survivre avec le poids de leurs actes ?

Qu'adviendra-t-il de leur âme ?

Quel cheminement tortueux doit suivre leur conscience pour qu'ils puissent vivre avec l'horreur de leur vie ? Je peux imaginer l'enfer dans lequel ils survivent, peut-être n'en sont-ils même pas conscients mais je suis sûre que peu à peu il mine leur existence jusqu'à les détruire d'une façon ou d'une autre.

Pendant que mon pays continuait à s'enfoncer ainsi dans le chaos, ma vie familiale, en Angleterre, prenait un tour catastrophique. Mon père, qui partageait toujours son temps entre Londres et Paris, vint un week-end. Il me prit à part dans ma chambre et me dit qu'il avait quelque chose de très important à m'annoncer. Impossible d'imaginer quoi que ce soit mais je craignais le pire.

À voix basse, il me dit lentement :

— Je ne t'en ai jamais parlé mais Ingrid vient d'avoir un enfant, un petit garçon, qui s'appelle Tarek. C'est mon fils. Cela ne veut pas dire que je t'aime moins. C'est arrivé comme ça et elle a tenu à garder cet enfant. Lui, c'est un garçon, toi, tu es ma fille. J'ai donné mon nom à Tarek mais cela ne changera rien entre nous. Je te promets que rien ne sera changé. Je n'avais pas le choix.

Je restai muette. Aucun mot ne pouvait exprimer le choc que je ressentais. Je croyais que les choses allaient mieux avec ma mère. Nous venions de passer quelques jours de vacances tous les trois et rien n'avait laissé présager cette nouvelle.

Mon père se rendait bien compte que j'étais boule-versée. Il continua :

– Je ne veux pas que tu t'inquiètes. Ingrid et l'enfant resteront à Paris. Je l'ai dit à Ingrid et elle a bien compris. Je lui ai dit qu'il n'était pas possible qu'elle emmène l'enfant à Beyrouth où toi et ta mère allez vivre. Je veux que tu me fasses confiance.

– Qu'est-ce que cela signifie, papa ? Je ne comprends pas.

– Cela veut dire simplement que je t'aime, me répondit-il en me prenant dans ses bras.

Je ne pus retenir mes larmes. Je me sentais sans valeur à ses yeux. J'avais vingt-deux ans et j'avais tou-jours été son seul enfant. Maintenant il avait un fils. Je me sentais flouée, comme si je ne lui suffisais pas. Mon cœur était brisé. Même ma propre identité était main-tenant menacée. Je ne pourrais donc jamais rien conserver dans ce monde. Devrais-je ainsi tout perdre ? Combien de temps pourrais-je continuer à supporter tout cela ?

A l'occasion de Noël, ma mère et moi avions prévu de retourner à Beyrouth, pour la première fois depuis 1980. Mon père était parti avant nous pour préparer notre arrivée. Il avait pris un appartement dans le même immeuble que celui de mon grand-père et nous allions tous nous y retrouver. J'avais hâte de retourner vivre là-bas. Quelques jours avant notre départ, ma mère m'appela dans sa chambre et me dit : « Je pense qu'il nous sera impossible d'aller au Liban. »

Je lui demandai pourquoi et elle me répondit qu'elle avait entendu dire qu'Ingrid et Tarek venaient d'arriver là-bas.

Je n'en croyais pas mes oreilles. « Mais papa m'a promis qu'elle n'irait pas à Beyrouth. » Ma mère acquiesça. Je poursuivis : « Bon, nous ferions mieux de téléphoner et de vérifier. » Après plusieurs tentatives, je finis par avoir mon père au téléphone. Je lui demandai s'il était vrai qu'Ingrid et Tarek vivaient dans notre maison. Il me confirma qu'ils y étaient.

Je n'arrivais pas à y croire. « Mais nous sommes censées arriver dans quelques jours pour Noël ! Que devons-nous faire ? » Il prononça alors les mots les plus incroyables. « Je ne veux pas que vous veniez. »

Mon cœur sursauta. Que voulait-il dire ? Je lui posai la question. Il me dit qu'il voulait dire exactement ce qu'il venait de me dire, qu'il ne voulait pas que nous venions à la maison car Ingrid et l'enfant étaient arrivés et que notre venue provoquerait un scandale.

J'étais folle de rage. Je hurlais : « Notre arrivée ferait un scandale ? Tu pourrais peut-être te demander qui serait responsable de ce scandale ? »

Mon père s'énerva. Il répéta : « Je ne veux pas que vous veniez. Et je vous préviens, si vous venez, vous irez à l'hôtel. Vous ne pourrez pas habiter à la maison. Je n'irai pas vous chercher à l'aéroport et votre sécurité ne sera pas assurée. »

Il s'était forcément passé quelque chose. Je ne comprenais pas pourquoi il me parlait sur ce ton. Je lui demandai de me passer mon grand-père pour en parler avec lui. Il refusa sous prétexte qu'ils étaient en parfait accord sur ce point.

AU NOM DU PÈRE

C'était le coup final. Je les maudis tous les deux, leur dis que j'en avais assez de leur comportement grossier vis-à-vis de ma mère et de moi, qu'ils pouvaient me rayer de leur vie, qu'ils ne m'entendraient plus jamais. Je raccrochai violemment le téléphone.

Ce jour-là, je me révoltai contre la vie et contre Dieu. Dans ma petite chambre de notre appartement londonien qui m'avait toujours servi de refuge, je m'assis, entourée de mes livres. Chacun d'eux était une quête symbolique. Dans chacun de ces ouvrages, j'avais essayé de me trouver. J'avais, pendant des années, désespérément cherché dans ces lectures un sens à la vie, alors qu'il semblait ne pas devoir exister.

Je venais de dire à mon père que je chérissais tant que je ne lui parlerais plus jamais. J'étais prostrée, pleurant jusqu'à suffoquer. Les mains crispées sur le front, je sombrai dans l'angoisse et le tourment. Je me repliai sur moi-même. Les sanglots s'étouffaient dans ma gorge. Je n'étais que larmes. J'avais tout supporté, la mort, la haine, le chagrin, l'abandon, mais là, c'en était trop.

Je me relevai et pris un engagement à haute voix, dans l'intimité et la solitude de cette pièce. Je jurai que plus jamais je n'aimerais, plus jamais je ne ferais confiance, je ne ressentirais plus jamais rien envers personne et donc je ne laisserais plus jamais quiconque me faire du mal.

Ma mère et moi partîmes quelques semaines à la campagne tant nous avions besoin de nous retrouver seules après ce terrible moment. Puis mon père vint à Londres et entama la procédure de divorce. Je décidai d'abandonner ma maîtrise et de chercher un travail. Mes professeurs me suppliaient de poursuivre mes études. Mais j'étais passée par des moments trop durs et il devenait nécessaire que je trouve un emploi pour subvenir à mes besoins. Je ne pouvais et ne voulais plus compter sur une aide de mon père ou de mon grand-père.

Je crois que ce fut la période la plus difficile de ma vie. Je me retrouvais complètement seule. Ma mère était près de moi, mais elle aussi vivait des moments terribles et essayait de sortir de cet enfer. J'avais l'impression que je serais condamnée toute ma vie à subir des trahisons. L'espoir était détruit en moi. Je ne voulais plus subir, mais agir. Je me créais différents personnages comme si, désormais, la seule solution pour survivre était de porter un masque. Jamais plus je ne montrerais mon vrai visage. Je voulais même me débarrasser de tout sentiment. Je ne permettrais plus jamais à quiconque de se servir de moi. Maintenant, c'est moi qui allais utiliser les autres. Puisque ma survie dépendait de ma volonté, alors c'est ainsi que je vivrais : par la force de cette volonté. Je ne me laisserais plus jamais approcher. Je regardais les autres avec cynisme et méfiance. En vérité, je détruisais tout l'amour que j'avais en moi. Puisque tout ce que j'avais un jour aimé avait été détruit ou m'avait honteusement trahie, je ne voulais plus jamais aimer quoi que ce soit ou qui que ce soit, de peur de le perdre ou de souffrir une fois encore.

Je renonçai à être humaine. Ce fut le début d'une longue période où j'allais peu à peu m'enfoncer et me défigurer. Pour surmonter mon chagrin, je renonçais au désir de vivre. Tous mes gestes étaient auto-destructeurs et vides de sens. Je finis par ne plus savoir qui j'étais et pourquoi je vivais. Je sais aujourd'hui qu'il me fallait passer par l'enfer que je m'étais créé pour m'en sortir et renaître.

Dans cet univers où tout avait perdu le moindre sens, le néant m'était familier. J'avais réussi à dompter la douleur et le chagrin d'avoir perdu mes proches. Pendant les années qui suivirent, plus ma vie était stérile, plus je réussissais à ne ressentir aucune émotion et plus j'étais fière de ce néant dans lequel je m'étais juré de vivre. Je n'avais aucun mal à m'isoler, brisant mes ultimes liens. Ces situations qui paraissent difficiles à beaucoup, étaient pour moi très simples. J'avais déjà tant perdu que je ne risquais plus de perdre grand-chose. Je vécus ainsi pendant un long moment. Je prenais sans donner, sans jamais m'impliquer. Mes sentiments étaient enfouis, scellés dans une glace que moi-même je ne savais plus rompre. Pendant quatre ans, je vécus dans ce néant, souhaité et maîtrisé, jusqu'à ce qu'il finisse par m'aspirer complètement. Mon âme était vraiment abandonnée.

Aujourd'hui, je sais qu'en prononçant ce serment contre la vie, en me dressant contre l'amour et contre Dieu, j'avais choisi l'autodestruction. J'étais une morte vivante mais je m'en moquais. Ce monde déformé était devenu le mien. Je l'avais embrasssé et m'y étais perdue.

Partout, je portais cet écran de vide, dans mes rencontres, dans mon travail, dans mes désirs. C'était une forme de maladie. J'étais indifférente et utilitariste. Avant d'entreprendre une démarche, je cherchais à savoir si elle me serait utile d'une façon ou d'une autre. Si elle ne présentait aucun avantage, je ne la faisais pas. Après m'être démenée pour trouver un emploi, j'ai commencé à travailler dans une maison d'édition à Londres.

Bientôt, je sombrai à nouveau dans l'agitation. Me

sentir seule au monde était une douleur omniprésente. Malgré ceux qui m'entouraient, ma mère qui m'aimait et s'occupait de moi, je sentais sur mes épaules le poids de la solitude. Sans doute, parce que je m'étais d'une certaine façon séparée de moi-même. J'avais étouffé mon âme et mon isolement spirituel était devenu maladif, symptôme de mon refus du monde et de la vie.

Je décidai alors de devenir photographe indépendant, un genre de paparazzo, restant dehors nuit après nuit, dans le froid, guettant une star quelconque pour essayer de prendre un cliché. La nature même de ce travail, indépendant et solitaire, me convenait tout à fait. Je vivais au bord du gouffre, me consumant à petit feu, poussant ma résistance physique à bout. Mais après tout, j'en avais l'habitude.

Dans mes rapports avec les hommes, j'étais malhonnête et égoïste. Bien qu'indifférente à tout, je me suis quand même fait peur en me regardant un jour dans une glace. J'avais l'impression d'avoir engendré une créature monstrueuse. Elle avait le regard très dur, sa férocité me choquait. Je n'étais plus qu'une bête sauvage mais j'étais fière d'avoir réussi à être ouvertement impitoyable et à manipuler les autres.

Pendant toute une année, je n'ai parlé ni à mon père ni à mon grand-père. J'étais devenue insomniaque. Je venais d'emménager dans un studio, seule et, souvent, au beau milieu de la nuit, je me levais, m'habillais et partais m'installer dans des boîtes de nuit. Je me soûlais de bruit et d'images jusqu'à la fermeture. Alors, je reprenais ma voiture, rentrais chez moi au petit matin et prenais un somnifère.

Je n'étais plus qu'une plaie vivante mais je n'en avais pas vraiment conscience. Je passais mon temps à essayer d'oublier ma peine, du moins à l'alléger.

Un an après cet exil que je m'étais imposé, mon grand-père m'écrivit. Dans cette lettre, il me disait tout l'amour qu'il me portait et combien il était peiné de tout ce qui était arrivé. Il me demandait de revenir sur ma décision et de pardonner à mon père. A peine avais-je lu ces lignes que je me sentis soulagée. Peu importait ce qu'ils m'avaient fait, mon amour pour eux était plus grand que tout le chagrin que j'avais ressenti. Nous étions fin 1983 et cette année loin de mon père avait été une torture. Il m'était plus difficile de prétendre ne plus l'aimer que de supporter le mal qu'il nous avait fait. Il était grand temps de retourner à Beyrouth. Béchir était mort. Mon grand-père me demandait de revenir. Mon père souffrait de mon trop long silence et je savais qu'il me fallait maintenant affronter ces démons qui me hantaient.

Dès que j'annonçai à ma mère ma décision de partir au Liban, en janvier 1984, pour me réconcilier avec mon père, elle se sentit trahie. C'était une situation sans issue. Je devais briser le cœur de l'un ou de l'autre à chacun de mes voyages.

Leurs relations étaient maintenant empreintes de souffrance et je ne pouvais trouver aucune solution qui les satisfasse tous les deux. J'ai longtemps souffert de voir ma loyauté envers mes parents devenir un objet de déchirement.

A la mort de Béchir Gemayel, le Liban avait renoué avec ses traditions et, comme par une étrange hérédité féodale, Amine, le frère aîné de Béchir, avait repris le flambeau pour être élu Président. Il avait toujours été un politicien et un homme d'affaires passionné. Il n'avait pas la violence charismatique de son frère mais compensait par ses manières et sa vive intelligence des choses. Alors que Béchir était, la plupart du temps, sur le terrain avec ses troupes, Amine, lui, était plus à son aise avec l'élite intellectuelle et les hommes d'affaires libanais. Il avait une réputation de play-boy et menait grande vie. Mais, contrairement à son frère, Amine ne gagna jamais entièrement la confiance du peuple.

La politique était pour lui l'art du compromis et de la négociation. Peu après l'invasion israélienne, les forces multinationales arrivèrent au Liban ; leur présence et l'aide internationale qui en découla relancèrent vivement l'économie du pays, ce qui profita au règne d'Amine.

Malgré les supplications de ma mère, je retournai donc à Beyrouth. Je ne me sentais pas la force d'y aller seule et proposai à l'un de mes amis anglais, M., de m'accompagner. Il m'avait tant entendue parler du Liban qu'il était curieux de découvrir ce pays.

Nous nous envolâmes de Londres sur un vol de la Middle East Airline. Dès que j'aperçus la côte libanaise à travers le hublot, mon cœur se serra et un mélange de sérénité et d'excitation s'empara de moi. Je contemplai ce paysage que tant de cartes postales avaient rendu célèbre avant la guerre. Il m'était si familier et je l'aimais tant, même si bonheur et malheur y étaient intimement liés.

Le temps était couvert. Dès l'atterrissage, j'eus un pressentiment. L'aéroport était quasiment désert et les gens semblaient nerveux. Mon père m'avait promis d'envoyer quelqu'un nous attendre. Après le contrôle douanier, je cherchai désespérément un visage connu... Personne. Je me renseignai discrètement auprès du personnel sur cette atmosphère bizarre mais je me méfiais ne sachant pas à qui je m'adressai. Les risques d'enlèvements étaient fréquents à cette période. M. se tenait à mes côtés, de plus en plus anxieux et ne comprenant pas un seul mot aux conversations alentour. Je finis par comprendre que les routes d'accès à l'aéroport avaient été fermées à la suite de violents combats dans les environs. Le conseil était formel, mieux valait rentrer chez soi avant la nuit.

La situation dans le pays était si instable que tout pouvait basculer en quelques secondes. A la moindre provocation, des régions entières pouvaient devenir dangereuses et interdites d'accès.

Je me tournai vers M. et lui dit : « J'ai l'impression que nous sommes mal partis. Apparemment, mon père n'a pu venir jusqu'ici et je ne vois pas où nous pourrions aller pour être en sécurité. »

Nous étions là depuis un moment déjà et l'aéroport avait achevé de se vider. Je cherchai un téléphone et appelai chez mon grand-père. La bonne, Jeannette, décrocha :

– Tracy! Mais où êtes-vous? Votre père est parti vous chercher. Pourquoi n'êtes-vous pas avec lui?

Au même instant, un homme de la Middle East Airlines s'approcha de moi et me demanda si j'étais Tracy Chamoun. Je répondis oui, tout en raccrochant le téléphone.

– Votre père vient de nous joindre par radio. Il devrait arriver d'un instant à l'autre. Suivez-moi.

Je ne posai pas de questions, attrapai M. par le bras et nous nous précipitâmes à l'extérieur en tirant nos valises. Nous entendions non loin de là un barrage d'obus. Un cyclone menaçait à l'horizon et les grondements sourds du tonnerre nous plongeaient dans une ambiance de fin du monde. Nous sautâmes dans la voiture de l'employé et filâmes en bout de piste.

A peine descendus il se mit à pleuvoir des cordes.

Nous courûmes jusqu'au hangar nous mettre à l'abri mais nous étions déjà trempés. Mon père, venu grâce à un hélicoptère de l'armée, nous accueillit. Les combats, comme les conditions atmosphériques, empiraient de minute en minute ; il nous fallait embarquer immédiatement et décoller dès que nous en aurions l'autorisation.

Aussitôt que nous fûmes assis dans l'hélicoptère, les pales de l'hélice commencèrent à tourner. L'appareil se balança d'avant en arrière pendant quelques minutes avant de s'élever au-dessus du sol détrempé. La nuit était maintenant tombée et la pluie tambourinait sur la carlingue métallique. Au loin, des feux brûlaient et les explosions éclairaient le sol sur notre droite. Je m'étais installée à l'arrière de l'appareil avec M., et mon père et le pilote étaient à l'avant, les écouteurs sur les oreilles. Je venais de voir le film *Apocalypse Now* et j'avais l'impression d'être à bord de l'un de ces hélicoptères pendant la guerre du Viet-nam. C'était l'enfer et la tension était à son comble. Je me tournai vers M. et lui dis : « Si c'est cela que tu voulais, eh bien tu es servi ! Bienvenue au Liban ! L'enfer sur terre ! »

J'arrivai enfin chez mon grand-père et tout le monde m'accueillit à bras ouverts. Les gardes, les domestiques, le cuisinier, les partisans de mon grand-père, tous exprimèrent leur émotion de me revoir. Je ressentais un immense bonheur à me retrouver dans cette maison. Je retrouvais mes racines. Les photos de ma grand-mère dans les cadres, l'odeur des draps dans les lits, les dîners, tous ces détails me remplissaient de joie. J'étais rentrée à la maison.

Ni mon père ni moi n'avons parlé des souffrances passées. Ingrid et Tarek étaient repartis à Paris. Nous passions nos blessures sous silence. Nous préférions le

non-dit. Cette nuit-là, il entra dans ma chambre et s'assit près de moi sur mon lit. Il dit simplement :
– Je suis heureux que tu sois revenue.
– Moi aussi.
Il continua :
– Tu m'as beaucoup manqué. J'ai besoin que tu sois près de moi.
– J'ai besoin d'être près de toi, je t'aime, papa. Le chagrin n'a pas vraiment d'importance. Il faut essayer d'être le plus heureux possible avec ce que l'on a, n'est-ce pas ?
– Il approuva, me souhaita bonne nuit en m'embrassant puis il me borda comme si j'étais encore une enfant. J'avais vingt-quatre ans et un immense besoin de tendresse.

Je retrouvai ainsi Beyrouth, avec ses nuits magiques. Lorsque les bombardements cessaient enfin, le silence lui-même devenait assourdissant. Je me promenais des heures entières sans rencontrer âme qui vive. C'était tout à la fois étrange et fascinant.

Dès que le soleil se levait, que sa chaleur éveillait la terre, les bruits de la rue annonçaient le commencement d'une nouvelle journée. Les rideaux métalliques des boutiques se relevaient, les enfants couraient dans les rues, au portail résonnaient les sonneries des premiers visiteurs, les gardes, le cuisinier et les fidèles partisans faisaient irruption dans nos vies pour partager une nouvelle journée.

Le Liban était étrangement beau, d'une splendeur agonisante. Une ville au crépuscule de sa vie, née dans l'opulence puis la décadence de l'Empire romain et s'éteignant avec les lumières fatiguées et vacillantes d'un siècle de colonisation européenne.

Des candélabres se dressaient fièrement dans les

119

pièces criblées d'éclats d'obus. On continuait à sortir l'argenterie pour les dîners, malgré les immeubles en ruine et la ville ravagée par les années de guerre. La vie continuait. J'aimais le Liban dans cet état. J'étais fascinée par sa triste beauté. Les malheurs qu'avait subis mon pays, je les avais moi aussi endurés. Je pouvais m'identifier à son destin tragique et à sa chute dans le chaos. Dans la tristesse de ce monde mourant, je me sentais chez moi.

Avec mon père et mon grand-père, je parcourus en voiture les rues bombardées de Beyrouth-Ouest. C'était la première fois depuis bientôt dix ans que je passais de ce côté. Alors que nous roulions, je vis le tableau le plus surréaliste qui soit. La nuit tombait et nous traversions cette capitale en ruine. Les bombardements israéliens avaient ajouté aux destructions de ces huit ans de guerre fratricide. Le soleil caressait de ses rayons la cité en cendres. Le ciel s'embrasait dans un dégradé de violet et de pourpre enveloppant les ruines dressées vers le ciel des immeubles écorchés. Leurs murs verts et jaunes en pierre ciselée, déchirés par les éclats d'explosifs se découpaient dans ce ciel de fin du monde et marquaient l'horizon comme une chair gangrenée.

Je ne pouvais en détourner les yeux. Cette vue m'hypnotisait et j'avais l'impression de faire partie d'un sublime tableau, peint à la fois par Turner et Goya. Splendide et dramatique, la ville était devenue le symbole de la magnificence et de la violence, comme si la nature avait réussi là où l'homme avait échoué. La terre se couvrait de ruines et les destructions semblaient s'organiser en une subtile architecture. Beyrouth paraissait être un empire perdu et oublié sur une lointaine planète embrasée par une explosion atomique.

120

J'étais en extase. Une fois encore, ces murs qui résonnaient de cris et de pleurs et ces immeubles éventrés semblaient étrangement être à l'image du vide intérieur et de la peine que je ressentais. C'est bien à cette ville mourante que j'appartenais. Je pris la résolution de quitter Londres et de revenir vivre au Liban. J'étais tellement déstabilisée moralement que je ne pouvais me sentir chez moi nulle part ailleurs que dans cette cité dévastée. Elle était le miroir de mon âme.

Nous étions ce jour-là dans une grosse voiture américaine que l'ambassade des États-Unis nous avait envoyée pour que nous puissions nous rendre à un cocktail organisé à leur quartier général. J'y retrouvai plusieurs de nos vieux amis et des inconnus me tendirent leur carte de visite en se présentant. Ils avaient des airs d'agents secrets. Ce mélange aussi faisait partie du charme de Beyrouth : tout y était caricatural et nous nous y laissions piéger. La vie était devenue un théâtre. Assassin, espion, leader, victime, conspirateur, tous ces clichés contribuaient à créer notre malaise et précipitaient le pays vers l'abîme. La réalité s'adaptait à la violence, à l'incroyable et accentuait notre nausée. Nous étions intoxiqués par notre fausse supériorité. Nous ne nous rendions plus compte que nous participions tous à un jeu dangereux et cynique dans lequel nous risquions nos vies et notre pays.

Des intrigues sans nombre se nouaient à Beyrouth. Beaucoup de ses habitants étaient revenus et, malgré le contexte, tous les restaurants et les boîtes de nuit affichaient complet. L'un d'entre eux, « Le Vieux Quartier », était devenu l'endroit favori des différentes factions politiques. Tous, chef de milices, personnalités politiques, espions ou officiels israéliens déjeunaient là. Tous ceux qui feignaient de ne pas vouloir être vus y venaient.

Les Israéliens avaient créé ce qu'ils appelaient un « Bureau de liaison » en banlieue de Beyrouth, surplombant le port de Debbayeh. Je fus souvent invitée, avec mon père, à y prendre un verre. J'éprouvais un certain malaise en conversant poliment avec tous ces Israéliens alors que, dans mon cœur, je refusais leur présence. Le soir, on les voyait dans les boîtes de nuit où ils se liaient de sympathie avec les riches Libanais.

Une nuit, vers deux heures, alors que je rentrais, je trouvai mon père habillé et prêt à partir. Il m'invita à l'accompagner muni de mon appareil photo et m'annonça seulement que nous partions en expédition.

L'explication de ce voyage me fut donnée plus tard. Le général libanais Saad Haddad venait de mourir d'un cancer. Il commandait l'Armée du Liban Sud, une organisation soutenue par les Israéliens, disposée dans le sud du pays pour créer un écran entre Israël et les Palestiniens. Elle était aussi chargée des opérations de représailles contre les Palestiniens ou les Musulmans suspectés d'avoir eu des activités terroristes à la frontière.

A l'occasion de ces funérailles, les Israéliens avaient organisé, pour tous les chefs des milices chrétiennes, une excursion de vingt-quatre heures à Marjaayoun où le général devait être enterré.

Mon père, son garde du corps, Abdo, et moi nous nous rendîmes en pleine nuit au rendez-vous secret. Dans un aéroport militaire nous nous arrêtâmes le long d'une file de Range Rover – symbole du pouvoir chez tous les miliciens libanais – et j'entendis un grondement sourd. Un énorme hélicoptère tournait au-dessus de nos têtes et s'apprêtait à atterrir. C'était un monstre, généralement utilisé pour le transport de troupes, qui pouvait contenir 80 passagers. Tout le monde embarqua et on nous distribua des casques pour nous protéger les oreilles du bruit. Il était impossible de s'entendre. J'étais assommée par les décibels. Nous étions assis sur deux rangées, sur les flancs de l'appareil et j'étais à côté de mon père. Peu à peu, je regardai tous ces visages dans l'hélicoptère : ils étaient tous là... Tous ces jeunes hommes des Forces libanaises, qui avaient essayé de me tuer. Dans cette carlingue assourdissante, ils continuaient à me fusiller du regard. Cela me semblait étrange que Béchir, commanditaire du massacre, soit mort et que moi, je sois là au milieu d'eux.

Le vol dura une heure et, malgré la nuit, j'étais bien trop surexcitée pour dormir. L'hélicoptère se posa sur une base israélienne à la frontière sud. Un petit déjeuner avait été préparé dans un kibboutz. J'avais l'impression de faire une excursion scolaire. J'avais mon appareil photo à la main et j'agaçais mon entourage que je ne cessais de photographier sur fond de paysage israélien. Ils n'appréciaient pas vraiment mon idée. Mais moi, je m'amusais énormément. Après le petit déjeuner, nous sommes partis, entassés dans un car, vers Marjaayoun pour la cérémonie. Nous avons passé la frontière et sommes rentrés au Liban. Sur des kilomètres, aussi loin que nous pouvions voir, couraient des fils barbelés séparant les deux pays. Cette région me rappela mon enfance à Saadiyat : le bleu de la mer Méditerranée, les collines arides, la chaleur, la senteur des champs d'orangers. La route était cahoteuse et poussiéreuse. Le car s'arrêta plusieurs fois et Bruce Kashdan, notre guide israélien, faisait des commentaires sur les sites qui avaient été des champs de bataille pendant ces dernières années. J'aurais préféré avoir des explications sur les sites archéologiques grecs et phéniciens que nous longions. Il me semblait prématuré de considérer comme faits historiques des événements récents dans lesquels je ne voyais rien de glorieux.

A notre arrivée, le village grouillait déjà de monde. Une foule d'hommes en uniforme criaient, s'agitaient, se bousculaient. Le car s'arrêta. J'essayai de suivre mon père à travers cette marée humaine tout en continuant à prendre des photos. Je ne sais pas comment j'ai réussi à ne pas être écrasée par la foule ce jour-là. Une fois de plus, j'étais la seule femme présente à des kilomètres à la ronde. Il faisait chaud, c'était bruyant et violent. Je tenais fermement mon appareil et suivis tout simplement la même direction que ces hordes de gens. Nous arrivâmes enfin à l'église. Les hommes de la sécurité israélienne, armés et équipés de radios, étaient sur le qui-vive. Je réussis à me glisser dans l'église, puis jusqu'à la chaire d'où j'espérais pouvoir prendre des photos de la cérémonie. Mon expérience de photographe des défilés de mode à Londres allait m'être utile. C'était le même genre d'exercice de cirque, dans un contexte toutefois différent. J'avais appris à me frayer un chemin à coups de coude et à trouver le bon angle, quitte à me hisser sur le matériel ou même sur le dos de photographes moins expérimentés que moi. Ici, je devais simplement écarter les membres de la sécurité pour trouver le bon angle. Dans mon viseur, j'avais une belle brochette de criminels : ils étaient tous là, les ministres israéliens, les leaders des milices chrétiennes et toute une série de personnages louches et antipathiques, du soldat crasseux à l'éminent officier des services secrets israéliens caché derrière ses Ray Ban. Je n'en croyais pas mes yeux et me déchaînais avec mon appareil photo. Juste une petite bombe et tous les problèmes libanais seraient résolus ! pensai-je en gardant l'œil rivé à mon viseur.

La messe terminée, ce fut la même bousculade pour sortir de l'église. Dehors, des sirènes hurlaient, les cars klaxonnaient, des gens se ruaient en tous sens en agitant leurs armes et en criant des ordres stupides, les portières des voitures claquaient, les pneus crissaient. Le cortège d'officiels israéliens démarra en trombe, encadré par des motards. J'avais perdu de vue tous ceux que je connaissais mais finis par retrouver le car. Mon père s'était absenté pour assister à une réunion. Il était alors deux heures de l'après-midi et je n'avais toujours pas dormi. Le soleil tapait sur le car; je m'affalai sur une banquette à l'arrière et sombrai rapidement dans un lourd sommeil. Je ne me souviens même pas du retour.

Peu après, je quittai à nouveau le Liban pour l'Europe. J'avais de plus en plus de difficultés à concilier ces deux mondes. Je me sentais mal à Londres et voulais repartir à Beyrouth.

Entre-temps, de violents combats avaient repris dans la région montagneuse du Chouf qui abritait traditionnellement des populations chrétiennes et druzes. Les deux communautés s'étaient impitoyablement affrontées pour obtenir le contrôle de cette zone. En représailles des violences commises par les Forces libanaises dans leurs villages, les Druzes avaient massacré les civils dans les villages chrétiens. Soixante villages maronites étaient tombés entre leurs mains et un millier de personnes avaient été tuées. Cinquante mille autres étaient maintenant sans abri.

Pendant ce temps, le président Amine Gemayel avait négocié avec les Israéliens et les Américains un traité qui devait stabiliser la situation, connu sous le nom de « l'Accord du 17 mai » (1983). Il prévoyait une série d'arrangements officieux entre Israël et le Liban, et notamment le retrait des troupes israéliennes qui devait coïncider avec le départ des Syriens et le désarmement des Palestiniens.

Mais il manquait à ces négociations la bénédiction syrienne. Le président Hafez El Assad considérait cet accord comme une victoire israélienne et, immédiatement, le qualifia de « mort-né ». Il avertit Gemayel que, s'il le ratifiait, il serait à jamais considéré comme le « président de Baabda », le quartier où se trouvait le palais présidentiel. En d'autres termes, Gemayel dirigerait encore le palais, mais rien d'autre.

Le traité fut signé. A peine Israël retira-t-il ses troupes du Chouf, que les Syriens, soutenus par les Druzes et les miliciens shiites, l'envahirent et commencèrent à bombarder les collines entourant Beyrouth, ainsi que le palais présidentiel, pour montrer leur total désaccord.

Amine Gemayel répliqua en bombardant impitoyablement des quartiers de Beyrouth. L'attaque était si violente qu'elle rappelait les bombardements israéliens sur la capitale. J'étais à Londres et j'étais très préoccupée par le tour que prenaient les événements. Quand les combats faisaient rage, j'avais pris l'habitude de téléphoner au palais présidentiel et de demander que l'on me passe mon père. C'était le seul moyen de lui parler et de m'assurer qu'il était en bonne santé.

Travaillant toujours comme photographe, je fus contactée par le bureau du *Sunday Times* au Moyen-Orient. Ils me demandèrent de les aider à rassembler des informations sur ce qui se passait vraiment. J'ai alors appelé Amine, pour prendre les renseignements à la source.

Le palais présidentiel était soumis à de terribles bombardements. Peu de temps après notre conversation téléphonique, j'appris par la presse qu'Amine était rentré – le 29 février 1984 – d'un voyage à Damas. Il s'était incliné devant la suprématie syrienne, avait reconnu l'identité arabe du Liban et annoncé que le traité libano-israélien n'était désormais plus valable ni applicable. Grâce à ce pèlerinage accompli à Damas, Gemayel put relever la tête dans son palais détruit et reconstituer son cabinet sous les charitables auspices de la Syrie.

Je l'appelai peu après le cessez-le-feu et lui demandai une interview. Il n'avait eu aucun contact avec la presse étrangère pendant cette épreuve du feu et il accepta ma proposition. Je repartis donc vers le Liban, accompagnée cette fois d'un journaliste du *Sunday Times*, David Blundy.

Comme toujours, le voyage fut pénible. Mon père s'était cette fois arrangé pour qu'un hélicoptère militaire nous attende à Chypre et nous dépose sur une base aérienne à Jounieh, au nord de Beyrouth.

David et moi, nous nous rendîmes au palais de Bifkaya, la ville natale des Gemayel, devenue leur fief. Notre rendez-vous coïncidait avec la sortie du Conseil des ministres réuni pour la première fois depuis la fin des combats. Tous ces hommes étaient des personnages familiers de la vie politique libanaise et j'en reconnaissais tous les visages. Mon grand-père venait d'être nommé aux Finances. Gemayel les salua, un par un, en les congratulant. Pourtant, parmi les membres de ce nouveau gouvernement, bon nombre avaient dernièrement exigé sa démission et les milices de certains d'entre eux avaient même essayé de l'assassiner.

Le même jour, Amine avait fait déployer l'armée libanaise dans la banlieue de Beyrouth. Il voulait faire évacuer les milices de la « ligne verte », qui divisait la ville d'est en ouest, et souhaitait réunifier les deux parties de la capitale ; on avait appelé ce jour l' « aube de la paix ». J'étais sceptique mais j'appréciais la parade des ministres et toutes ces manifestations protocolaires organisées pour cet événement.

On nous emmena, David et moi, dans une autre partie du palais pour interviewer Amine. Un domestique nous fit entrer. C'était une vieille demeure libanaise en pierre avec des plafonds très hauts et des murs épais pour l'isoler de la chaleur d'été. Au centre, il y avait un patio visible de l'entrée à travers de grandes baies vitrées. La musique du *Lac des Cygnes* résonnait dans toute la maison. Le Président Amine Gemayel était assis dans le jardin et lisait paisiblement le livre de Richard Nixon, *La vraie paix*. Cette image avait de quoi surprendre, au cœur d'un des pays du monde les plus déchirés par la guerre.

David et moi nous sommes avancés, avons salué le Président et commencé l'interview. La musique berçait notre conversation quand, soudain, le disque se détraqua.

Agacé, Amine se leva brusquement et se dirigea vers le tourne-disque. Nous l'avons suivi et j'en profitai pour prendre quelques photos. Amine suggéra que nous en prenions d'autres, à l'extérieur, sur la pelouse superbement entretenue du patio. Je trouvai que c'était une excellente idée mais, au moment même où nous sommes sortis, les jets d'eau se mirent en marche, arrosant allégrement le jardin tout entier !

Amine domina son exaspération. Il appela le jardinier, lui ordonna d'arrêter l'eau et nous pûmes sortir. Je m'enfonçai dans l'herbe mouillée, nos chaussures étaient couvertes de boue. Après la séance de photos, Amine enfila une autre paire apportée par l'un des domestiques. Quant à moi, je pataugeai dans les miennes en attendant qu'elles sèchent.

C'était l'heure du déjeuner et la femme d'Amine, Joyce, entourée de leurs enfants, entra. On nous servit un repas somptueux et David continua de poser ses questions. Amine exprima son souhait que ce jour soit le premier pas vers une solution pacifique. Puis il parla de lui et des difficultés qu'il avait rencontrées depuis le début de son mandat présidentiel. Après le déjeuner, il nous demanda de l'excuser et nous proposa de poursuivre l'interview plus tard dans l'après-midi à Baabda, dans le palais présidentiel.

Nous nous rendions au rendez-vous avec ponctualité, lorsqu'un cortège de cinq voitures escortées par des motards, toutes sirènes hurlantes et lancées à toute allure arrivèrent à notre hauteur. J'aperçus Amine à l'arrière de sa voiture, encadré de ses gardes du corps, armes au poing, prêts à tirer par les fenêtres.

Il nous accueillit et nous fit visiter le palais. Tout était dévasté, il y avait des trous de bombes partout. Rares étaient les pièces encore intactes avec leur mobilier. L'atmosphère était poussiéreuse et des gravats jonchaient le sol. Nous avancions à travers des pièces désertes et abandonnées qui avaient été autrefois le symbole de la République.

Amine nous introduisit dans son bureau et nous expliqua qu'il avait entrepris d'informatiser tout le palais. Il nous montra un petit ordinateur sur le coin de son bureau et voulut nous faire une démonstration d'un des programmes les plus sophistiqués qu'il ait créés. Il mit l'ordinateur en route et l'écran s'alluma. Le message s'afficha : « ENTREZ VOTRE MOT DE PASSE. » Amine tapa son nom : « GEMAYEL. » La machine ne parut pas être impressionnée. Puis un bip sonore retentit et les mots suivants apparurent sur l'écran : « ERREUR, MOT DE PASSE INCONNU »!

D'abord le disque rayé, puis les jets d'eau et maintenant cet ordinateur qui lui tenait tête; nous eûmes du mal à ne pas éclater de rire.

Après quelques minutes, Amine abandonna l'appareil récalcitrant et nous montâmes tous les trois dans un minuscule ascenseur jusqu'à ses appartements privés. Et, bien entendu, l'ascenseur tomba en panne! Amine essaya d'appeler à l'aide avec le téléphone intérieur... qui, évidemment, ne fonctionnait pas et nous dûmes hurler pour que l'on vienne nous sortir de là. Cette fois, je ne pus m'empêcher de rire.

Lui qui voulait nous faire croire que la situation au Liban était devenue normale! Plus on faisait semblant de croire que tout allait bien, plus on risquait d'être victime des circonstances et du chaos propres à ce pays.

Ce jour-là, il semble qu'il était inévitable que le destin empêchât les choses de se dérouler normalement. Après l'interview, David, en parfait gentleman, se pencha pour ramasser mon équipement photographique. Un bruit de tissu déchiré le força à se relever : son pantalon avait craqué de haut en bas. Tout le monde éclata de rire. Quelques jours plus tard, David me dit qu'il aimerait écrire la face cachée de l'interview pour montrer comment de telles anecdotes révèlent le côté humain et hasardeux de ces entretiens officiels. Malheureusement, David n'en eut pas le temps; il fut tué en 1989 au Nicaragua et c'est un peu pour lui que j'écris ces lignes.

Le soir, David partit et je restai au palais avec Amine pour poursuivre notre conversation. Nous marchions dans la véranda obscure et nous trébuchions sur des éclats d'obus. Le siège de Baabda avait dû être terrible. Amine se tourna soudain vers moi et dit : « Parfois, j'ai l'impression d'être Hamlet. »

Je crois qu'il vivait dans un autre monde ; il pensait que ses bonnes intentions pouvaient modifier, peut-être même arrêter, le cours de la guerre. Il était né dans l'une des plus grandes familles politiques du Liban et avait de fortes ambitions. Son frère avait été sauvagement assassiné et il avait été contraint d'assumer son mandat, même si beaucoup pensaient qu'il n'était pas vraiment à sa place.

J'avais l'impression qu'Amine n'était pas en paix avec lui-même, comme en chute libre, et se raccrochait à l'image et au rôle qu'on lui avait imposés. Depuis ce jour, lui et moi sommes restés amis, même si, à de nombreux égards, je n'aurais pas agi comme lui pour l'avenir du Liban. Je crois que, comme la plupart des hommes politiques libanais, ses décisions ont plus souvent été motivées par l'intérêt de son clan que par celui de la nation tout entière.

Après cette interview, je décidai de rester à Beyrouth. Mon exil avait duré près de quatre ans et nous étions maintenant en juillet, ce mois où nous avions tous failli être tués. Je ressentais très fort ce besoin de rester comme en quête de rédemption.

Les Israéliens stationnés à Beyrouth nous invitèrent, mon père et moi, à assister au retrait de leurs troupes de leur quartier général de Debbayeh. En les regardant partir, je repensais à leur intention de libérer le Liban, tous les morts qui y étaient liés et, une fois encore, m'apparaissait l'inutilité de leur agression. J'avais l'impression que les Israéliens étaient hantés par le concept du ghetto. Ils brandissaient toujours le spectre de la persécution pour justifier leurs actions offensives ou défensives. Ils préféraient l'action, même violente, à la négociation et, en ce sens, étaient devenus le symbole de cette violence qu'ils redoutaient.

A cette époque, la vie au Liban avait pris un cours étrange. Pour la plupart des Libanais, elle était devenue très dure. Chaque jour, je prenais conscience des difficultés ressenties par les pauvres gens, lorsque je me rendais aux bureaux du Parti. Ils attendaient, assis dans les pièces vides, s'inquiétant de la santé de leurs enfants ou de leur avenir et espérant de tout cœur que mon père ou mon grand-père pourraient intervenir en leur faveur.

Je renouais aussi avec mes vieux amis. La plupart étaient maintenant fiancés, mariés et certains avaient même des enfants. Je me posais souvent une question : « Qu'avons-nous fait de nos vies et de notre jeunesse ? » Comme si entre nos années d'enfance et notre vie d'adulte il n'y avait eu qu'un grand vide, rien d'autre qu'une tentative de survie. Le calme régnait mais personne ne croyait vraiment à la prétendue paix proclamée par Amine.

Les journées passaient lentement, il faisait très chaud et je souffrais de problèmes intestinaux. J'avais oublié qu'il me fallait toujours un certain temps pour m'adapter à l'eau, aux fruits et aux légumes de mon pays. J'allais souvent à la plage, la plupart du temps au Club de voile de Kaslick, à Jounieh. Je m'asseyais et contemplais les montagnes verdoyantes qui s'élevaient avec majesté au-dessus de la Méditerranée. Le club avait bien changé depuis mon dernier séjour. Je ne connaissais plus personne et il n'y avait plus un seul visage qui me soit familier. Tous mes amis, tous ceux avec qui j'avais passé des moments inoubliables, étaient maintenant aux quatre coins du monde. Quelle obscure raison avait bien pu me pousser à revenir ? Rien ne semblait vraiment avoir changé et pourtant tout était différent.

Le soir, jallais régulièrement dans un club, le « Mandaloun », avec deux de mes amis, Patrick et Rachid. Ironie du sort, Rachid avait participé, au sein des Forces libanaises, à l'attaque de notre maison. Bien plus tard nous étions devenus très amis mais, chaque fois que des Kataëbs nous voyaient ensemble, Rachid passait un mauvais quart d'heure.

J'avais l'impression que, quoi que je fasse et où que j'aille, je ne pourrais jamais échapper à mon nom. J'étais toujours et partout la représentante du Parti de mon grand-père et celui de la famille. Même si cela me donnait parfois l'impression d'être paria, je finissais par apprécier cette particularité. Après les événements de Safra et mes déclarations fracassantes à la radio, nombreuses étaient les calomnies colportées dans le secteur chrétien à mon sujet. On ne m'avait pas pardonné les propos que j'avais tenus après les massacres. Je suppose que j'avais été trop proche de la vérité ! Mais quoi qu'il en soit, quand le sujet revenait dans la conversation, je maintenais ma position. Béchir, pour assouvir sa volonté d'accéder au pouvoir, avait commis un crime. Après tout, j'avais failli perdre la vie et j'étais convaincue que se taire était la pire des choses.

A cette époque, je rencontrai toute l'élite des Forces libanaises. Malgré tout, je ne leur en voulais pas. Étrangement, je comprenais mieux le fanatisme qui pouvait justifier leur comportement. Si moi-même je n'avais pas aussi été l'une des victimes de ce fanatisme, peut-être m'y serais-je laissé piéger. Tout était simple, soit blanc, soit noir. Ils savaient alors précisément qui ils devaient aimer, qui ils devaient haïr. Pour ces extrémistes, à la réflexion primaire, il ne pouvait y avoir d'autres solutions que l'extermination de ma famille. Nous étions un obstacle au succès de Béchir, leur chef, dans sa course au pouvoir et notre élimination était le seul moyen de le franchir.

Une génération tout entière s'était laissé piéger dans cette soif de domination. Leur chef vénéré, leur avait inculqué des méthodes dont l'une était l'élimination radicale de toutes entraves vers les sommets de l'État. Ce principe a déshumanisé notre communauté et c'est encore ainsi aujourd'hui. A la mort de Béchir, tous ceux qui l'avaient aveuglément suivi se retrouvèrent orphelins. Certains continuèrent à vivre dans la violence, ce qui provoqua les combats successifs pour le contrôle du camp chrétien. Ces luttes fratricides menèrent toute la communauté chrétienne à sa perte. Les autres durent reconstruire entièrement leur vie et remettre en question toutes les valeurs auxquelles ils avaient cru. Ceux-là devinrent mes amis.

Curieusement, et sans doute à cause de cet infranchissable fossé de haine et de mépris qui nous avait séparés, les liens entre nous furent profonds et durables. Ils étaient fondés sur des sentiments qui allaient au-delà du bien et du mal. Aujourd'hui, je sais que, si je devais demander de l'aide, je me tournerais sans doute vers l'un de ceux qui avaient alors juré ma perte... peut-être parce que je les connais pour le meilleur et pour le pire.

Je me suis toujours efforcée de voir les autres tels qu'ils sont, sans juger leur passé mais en essayant de comprendre ce qui les a poussés à agir. Il m'a fallu renoncer à toute rancœur et toute haine. L'un des grands problèmes est le degré d'hypocrisie que les gens aiment entretenir vis-à-vis d'eux-mêmes. J'ai toujours

134

su percevoir l'ironie du sort. Quand nous croyons fermement connaître la réponse à une question, soudain, l'éclairage tourne et l'incroyable devient réalité. Quatre ans auparavant, il aurait été impensable que je puisse un jour être en bons termes avec ceux qui avaient essayé de nous tuer. Pourtant, aujourd'hui, il n'y avait plus face à moi que des jeunes entraînés dans un jeu de massacre qui les avait menés beaucoup plus loin que ce qu'ils avaient imaginé. Maintenant, ils avaient grandi et prenaient conscience des erreurs qu'ils avaient commises. De quel droit me serais-je permis de les juger ?

Le 5 juin 1984, à sept heures, je partis avec mon père. Nous étions accompagnés par l'escorte de Walid Jumblatt, le leader de la communauté druze qui avait succédé à son père assassiné par les Syriens. Contrairement à une idée largement répandue, Walid est un leader responsable qui a su protéger sa communauté en toutes circonstances. Il a réussi à maintenir, jusqu'ici, un climat relativement sûr, une homogénéité et un certain cadre légal dans lequel sa communauté s'est développée.

L'escorte de Walid était censée assurer notre sécurité pendant notre voyage vers le Chouf, au sud du Liban. C'est dans ces montagnes que l'on situe traditionnellement l'ancienne capitale du Liban. Les villages étaient habités par des familles chrétiennes et druzes. C'est par là qu'est situé le village de Deir El Kamar d'où est originaire ma famille. Mon grand-père y a commencé sa carrière politique comme député et mon père y est aujourd'hui enterré.

Durant ces neuf années j'avais si rarement refait

cette route que je ressentais une étrange impression en roulant sur ces chemins que j'avais tant parcourus pendant mon enfance. Nous arrivâmes à Deir El Kamar à huit heures. Mon grand-père, Ingrid et mon frère Tarek, surnommé Tey, arrivèrent une heure plus tard par hélicoptère. Nous nous rendîmes ensuite à l'église du village où devait se dérouler la cérémonie du baptême de Tey.

C'était une journée historique. Les familles Chamoun et Joumblatt s'étaient réconciliées et, unies, elles formaient une puissante alliance politique. A Deir El Kamar, comme dans toute la région, résonnait encore l'écho des derniers combats. Les Forces libanaises s'étaient violemment heurtées aux milices druzes, alors soutenues par la Syrie. L'armée de Gemayel, conduite par le général Michel Aoun, avait mené des combats d'une grande violence pendant des mois.

Deir El Kamar avait subi un long et pénible siège. La population avait été affamée et massacrée. Le retour de mon grand-père était ressenti comme un signe évident de réconciliation entre les communautés chrétiennes et druzes.

La région était vraiment magnifique et Walid avait veillé à ce qu'elle reste indemne tant au point de vue de l'architecture qu'à celui de l'histoire. Les villages avaient conservé l'ancien style architectural libanais et n'avaient pas été défigurés, contrairement à l'enclave chrétienne dans laquelle j'habitais et dont la côte était maintenant bordée de monstrueuses constructions et de tours qui projetaient leur ombre sur la Méditerranée.

La densité de population est très faible dans le Chouf. Dans ces villages encore pittoresques, les maisons construites en pierre sont entourées de collines très boisées. Il s'en dégage une impression de sérénité.

A Deir El Kamar, la population vint exprimer à mon grand-père sa joie de le voir revenir; je sentais dans cet accueil le poids des traditions et des rites villageois. A peine étions-nous arrivés que les cloches de l'église se mirent à carillonner.

Dans son sermon, le prêtre nous menaça des feux de l'enfer pour nos comportements à l'égard de notre pays. A l'écoute de ses propos, je fus successivement envahie par l'envie de vivre ici, une envie charnelle, dévorante et agressive, et par le fait de me sentir handicapée, parce que j'étais une femme, encore très jeune, dans ce milieu traditionnellement dominé par les hommes. Je ne pouvais rien faire pour le Liban et pourtant, il y avait tant de choses que j'aurais voulu, et que je veux toujours, entreprendre.

Durant mon séjour, j'habitais chez mon grand-père à Beyrouth et nous nous retrouvions pour les repas. Le soir, il dînait à neuf heures précises. Il était réglé comme du papier à musique et très attaché aux rituels. J'adorais ces moments en tête à tête avec lui. Il devenait de plus en plus pessimiste quant à l'évolution de la situation et, parfois, nous partagions notre repas sans prononcer un seul mot tant il était soucieux. Ensuite, il se levait de table et faisait les cent pas pendant une demi-heure. Puis il se tournait vers moi et disait de mémoire quelques vers en français ou me demandait de lui réciter quelques lignes d'un texte qu'il m'avait demandé d'apprendre la veille au soir. Il avait une mémoire prodigieuse. Parfois, il me tendait un recueil de poèmes de Victor Hugo; Léna, mon amie, et moi ouvrions le livre au hasard, lui donnions l'un des titres et il nous le récitait alors sans hésitation et sans erreur, vers après vers, page après page. Il ne cessait de nous étonner.

Le matin, j'allais rendre visite à mon père dans ses bureaux puis l'après-midi, quand la chaleur étouffante ne permettait aucune autre activité que la baignade ou la sieste, je partais à la plage. J'assurais une permanence au siège du Parti et j'essayais de trouver des solutions aux problèmes d'habitation, d'emploi, d'hospitalisation, d'argent et malheureusement aussi d'enlèvements que l'on venait me soumettre. Un matin, un de mes amis me téléphona et me demanda d'intervenir pour la famille Dimbakleh. Leur fils Christian et son ami, Amine, avaient disparu quelques semaines avant mon arrivée. Ils étaient partis en moto dans le secteur musulman, à Beyrouth-Ouest et on les avait vus pour la dernière fois près du camp de Sabra. Je cherchai des informations mais les résultats de mon enquête ne laissaient rien présager de bon pour les deux garçons.

J'allai rendre visite à leur famille. Abasourdis, ils semblaient déjà dans un autre monde, entre la vie et la mort. Ils ne savaient pas si leur fils était encore en vie mais refusaient de croire qu'il pouvait être mort. Ils étaient torturés par l'angoisse et s'accablaient de reproches, récapitulant tous ces mots qu'ils auraient dû dire, toutes ces choses qu'ils auraient dû faire. C'était très étrange car il n'était pas vraiment question d'exprimer sa douleur; le vrai problème était que chacun à sa façon refusait tout simplement l'idée de la mort. La mère cherchait désespérément à apprendre quelque chose. Que m'avait-on dit? Que savais-je? Quant au père, il s'accrochait aux moindres détails glanés durant ses recherches : où les deux garçons étaient-ils allés, à qui avaient-ils parlé en dernier, quels avaient été leurs derniers mots, quelles étaient leurs intentions, qui les avait vus pour la dernière fois...?

Il cherchait désespérément des indices pour

résoudre cette énigme obsédante, comme s'il se réfugiait dans les méandres de l'histoire afin de ne pas avoir à envisager le terrible dénouement probable.

D'après mes informations, il y avait deux hypothèses : les deux garçons avaient été enlevés dans l'un des camps, massacrés immédiatement et leurs motos avaient été volées; ou alors, ils avaient été faits prisonniers par les Druzes et étaient retenus dans l'une des nombreuses chambres de torture et d'exécution, disséminées dans les montagnes du Chouf.

Les parents refusaient de m'entendre. Tant qu'ils n'auraient pas vu eux-mêmes le corps de leur fils, ils refuseraient de le croire mort. Si le second scénario était exact, seul Walid Joumblatt pouvait, par un seul mot, faire que les deux garçons aient la vie sauve. Je leur promis d'intervenir auprès de Walid.

Le lendemain, je pris rendez-vous et proposai au père de m'accompagner. Il nous fallait traverser le secteur musulman. Je n'en avais parlé ni à mon père ni à mon grand-père qui me l'auraient interdit. C'était trop dangereux et j'imaginais le formidable moyen de pression politique sur ma famille qu'aurait été mon enlèvement. Mais je me sentais l'obligation de faire un geste pour la famille Dimbakleh. Je demandai à quelques jeunes gardes de nous accompagner, mais aucun n'accepta, c'était trop risqué. J'en trouvai finalement un seul : je ne pense pas qu'il ait cru que nous avions vraiment l'intention de passer de l'autre côté de la « ligne verte ». Je m'étais aussi arrangée avec Walid pour qu'une voiture de l'Escadron 16, la police militaire, nous attende de l'autre côté de la ligne de démarcation.

Comme promis la voiture était là pour nous escorter et nous roulâmes toutes sirènes hurlantes à travers

des rues méconnaissables. Partout, il y avait des crois-
sants et des symboles de l'Islam ; les hommes dans les
rues portaient la barbe du *jihad* islamique et avaient
l'air féroce. Soudain, je pris conscience de la différence
de ce monde dans lequel je venais d'entrer et du fossé
qui s'était maintenant creusé entre les deux parties de
la ville. J'avais l'impression d'avoir quitté un pays euro-
péen et d'entrer dans un pays arabe, tous les deux très
pauvres. La différence entre les deux cultures s'était
considérablement accrue. Dix ans seulement avaient
suffi pour les séparer de plusieurs siècles... Je me
demandai si nous serions capables de vivre à nouveau
ensemble un jour.

Nous arrivâmes enfin chez Walid. Pendant cet
entretien, il fut, comme à son habitude, agréable et
réservé. Il nous écouta attentivement mais n'apporta
aucune réponse concrète ou positive. Il était évident
qu'il nourrissait peu d'espoir pour ces deux garçons
mais il était assez intelligent pour comprendre que le
père du disparu ne l'aurait pas accepté. A la fin de
notre conversation, Walid promit de s'occuper de cette
affaire. Le jeune homme qui nous avait accompagnés
était resté dehors, assis dans la voiture, entouré de gar-
diens druzes, de forte corpulence et au regard hostile. Il
était blanc comme un linge et, quand il me vit, il parut
soulagé.

Nous fîmes le chemin en sens inverse. J'étais satis-
faite de cette rencontre. J'avais au moins permis au
père de Christian d'être en contact avec la seule personne susceptible de pouvoir l'aider. Je reçus, ce soir-là,
un appel de mon ami Massoud pour me dire que je
n'avais fait qu'empirer les choses en faisant renaître
l'espoir dans cette famille.

J'étais désemparée... Que pouvais-je faire ? Les

parents refusaient de croire à la mort de leur fils tant qu'ils n'en auraient pas la preuve matérielle. La seule solution était donc de continuer à chercher. Je savais que si j'avais été à la place de Christian, enchaînée et emprisonnée dans l'un des endroits les plus isolés de la planète, comme tant de ceux qui ont été retenus en otages au Liban et qui le sont encore, j'aurais redouté par-dessus tout que ma famille et mes proches renoncent à tout espoir de me retrouver et qu'ils m'abandonnent à mon triste sort... Simplement parce que toutes les voies qu'ils auraient suivies se seraient révélées être des impasses. Je ne sais pas si les parents de Christian ont encore de l'espoir de retrouver leur fils mais à ce jour le jeune homme et son ami ne sont toujours pas réapparus, ni vivants, ni morts.

Au Liban, toutes les voies se transforment tôt ou tard en impasses. Tout le travail que l'on peut accomplir finit toujours par tomber dans un puits sans fond. Personne ne pouvait alors mener une vie normale. Pas un jour ne passait sans incident. Les exemples de violence gratuite se multipliaient. Alors que je cherchais du travail, je fus convoquée pour un entretien dans les bureaux d'un de mes amis. A peine arrivée, j'entendis des pneus crisser et des coups de feu. Je me demandai ce qui pouvait bien se passer. Le quartier était attaqué par quelques brutes des Majless Harby, le quartier général militaire des Forces libanaises, parce qu'un de leurs employés avait été giflé. En représailles, ils lançaient une attaque massive contre l'immeuble au moment où j'y pénétrais en voiture. Je les vis entrer et sortir par les fenêtres, armes à la main et tirant en tous sens. J'attendis dans la voiture le temps qu'ils décampent, laissant les locaux dans la peur et la confusion.

Une autre fois, alors que j'étais invitée à une réception où une centaine de convives étaient attendus, l'un d'entre eux fut enlevé en chemin par des membres de la section locale du Parti phalangiste. Ils le jetèrent dans le coffre de sa voiture puis le rouèrent de coups avant de le jeter dans le fossé pour lui voler sa luxueuse voiture.

Encore un autre exemple de cette agression permanente. Je rentrais du cinéma, au volant de la Mercedes de mon grand-père, avec un ami, quand le conducteur d'une Peugeot derrière nous commença à donner des coups de volant en faisant crisser ses pneus. Il finit par doubler et nous fit une queue de poisson. Excédée, sans réfléchir une seconde, je les percutai, ma voiture étant plus grosse que la sienne, pour lui donner une leçon. Je supposais qu'il voulait simplement me faire peur. A peine l'avais-je heurté que je vis trois hommes surgir des fenêtres. Ils brandissaient des armes automatiques et ouvrirent le feu.

Je fis une embardée; ils freinèrent quelques mètres plus loin et se précipitèrent vers nous, armes à la main, en hurlant. Ils attrapèrent mon ami et le jetèrent contre un mur en pointant leurs armes dans son dos. Je hurlai et leur demandai qui ils étaient pour se comporter ainsi. N'avions-nous, Chrétiens, rien de mieux à faire que nous entre-tuer ?

Ils me regardèrent ébahis et me demandèrent qui j'étais. Je leur répondis et leur posai la même question. C'étaient les gardes du corps du Président Amine Gemayel. J'éclatai de rire et ils nous laissèrent tranquilles. Des incidents de ce genre étaient fréquents. J'avais eu de la chance qu'ils connaissent mon nom car, dans le cas contraire, ils n'auraient pas hésité à m'emmener de force dans leur quartier général pour me passer à tabac des heures durant, comme ils l'avaient déjà fait avec de nombreuses personnes moins chanceuses que moi. Nous vivions dans un monde de bandits.

Le pays était un navire en perdition. La population tentait de se raccrocher désespérément aux dernières institutions et aux infrastructures qui sombraient peu à peu. Les coupures d'électricité étaient fréquentes; le téléphone ne fonctionnait quasiment plus et il fallait des heures avant d'obtenir une ligne. Mais le plus grave était le bouleversement des mentalités. Les deux seules choses auxquelles les Libanais attachaient encore de l'importance étaient l'argent et les armes. Posséder l'un était bien, avoir les deux était l'idéal... et ceux qui jouissaient de ces deux nouvelles formes de pouvoir, notamment les miliciens qui contrôlaient le marché noir et le trafic de drogue, régnaient de façon inconditionnelle sur le pays et terrorisaient les autres. La société tout entière était corrompue et n'avait plus aucun principe. Pour la plupart des Libanais, la principale activité consistait à essayer de survivre dans ce milieu hostile et cupide. Le pays sombrait et seule la loi du « tout est permis » et du « chacun pour soi » régissait les rapports humains. Partout autour de moi, je constatais cet état de fait et plus nettement encore dans les rangs des dirigeants des milices chrétiennes. Ils n'étaient plus préoccupés que par leur propre situation et leur fortune. Dans l'année qui suivit la mort de Béchir, la direction des Forces libanaises changea trois fois de mains, toujours dans la violence. Les dirigeants successifs profitant de la moindre occasion pour se tirer dans le dos. Les combats fratricides avaient atteint leur apogée. Amine contribuait largement à ce désordre et à ces abus de pouvoir dans la mesure où il jouait un double jeu. Cette situation honteuse ne cessait d'empirer. Je commençais vraiment à me demander pourquoi j'avais choisi de revenir vivre ici.

Après quelques mois de recherches, je finis par trouver un emploi, comme chargée d'études commerciales pour le projet de lancement d'un satellite de télécommunication directe au Moyen-Orient. Je travaillais beaucoup et partais souvent en voyage. Les combats, des deux côtés, étaient devenus sporadiques. L'est et l'ouest de Beyrouth échangeaient des tirs de mortier à l'aveuglette.

Traverser la ville devenait une partie de roulette russe. Il était impossible de prévoir quand et où tomberait le prochain obus. De nombreux civils furent tués par cette lâche tactique de guerre, simplement en rentrant de leur travail ou de leurs courses.

Je travaillais énormément mais m'amusais aussi beaucoup. Je passais toutes mes nuits dans des clubs jusque vers quatre heures du matin et retournais au bureau à huit heures. Parfois je travaillais dans des conditions épouvantables, attendant à l'abri sous un escalier que les bombardements cessent. Il m'arriva souvent d'être obligée de rester au bureau en attendant la fin des tirs, puis je rentrais chez moi à travers les rues désertes en espérant que le prochain obus ne me serait pas destiné. Ces retours me rappelaient l'ambiance des westerns américains, quand, à l'aube, avant l'attaque, l'air est lourd de suspense, le silence dans les rues total, alors que tous cherchent à échapper au sinistre sort qui les guette.

Je ne faisais absolument plus attention à ma sécurité. J'entreprenais des choses complètement insensées, comme par exemple faire un footing sur la « Ligne verte » avec mon ami Marc à la tombée de la nuit. Cet endroit magique, complètement désert, était idéal pour courir. Il n'y avait évidemment personne d'assez fou pour s'y promener, infestée de tireurs embusqués.

J'essayais de mener une vie normale malgré ce contexte et refusais de laisser la guerre influencer son cours. Un jour, l'imprimeur me demanda de passer le voir, dans l'autre partie de Beyrouth, pour me montrer le travail qu'il avait accompli sur le rapport annuel que j'avais rédigé pour une banque. J'acceptai et réussis à convaincre mon amie Lena de m'accompagner. Je demandai à notre ami Joe de nous envoyer une voiture discrète avec chauffeur pour notre expédition.

Vers trois heures, ce jour-là, j'entendis soudain depuis mon appartement du cinquième étage des cris et des rires qui montaient de la rue. En me penchant je vis un taxi londonien, blanc et rutilant, dont le chauffeur me faisait signe de descendre. Lena et moi, nous nous regardâmes complètement désemparées : cette voiture était tout sauf discrète ! Nous décidâmes de partir tout de même. Une fois la « ligne verte » passée, le chauffeur devint nerveux. Il y avait une Chamoun dans sa voiture et, si nous étions arrêtés, il serait sans nul doute exécuté.

Dans le secteur musulman, des pneus enflammés dégageaient une énorme fumée. Au travers, je distinguai un point de contrôle tenu par des hommes masqués portant à leur revers les insignes du Hezbollah, le parti de Dieu. Ils nous firent signe de nous arrêter. Lena et moi étions paniquées. Un des hommes demanda :

– Qu'est-ce que c'est que cette voiture ?

Le chauffeur répondit :

– Un taxi londonien.

L'homme masqué tourna alors son arme vers nous et nous demanda qui nous étions. Il est vrai que la présence de ces deux jeunes femmes blondes, avec leurs lunettes de soleil Ray Ban, assises à l'arrière d'un taxi blanc londonien, au cœur d'un Beyrouth déchiré par la guerre, était pour le moins surprenante. Je dois avouer que je ne savais pas quoi dire.

Le chauffeur nous avait ordonné de ne pas ouvrir la bouche, quoi qu'il arrive. Il s'adressa à l'homme en armes et, avec un sourire et un clin d'œil, lui expliqua poliment que nous étions deux prostituées suédoises que son patron avait fait venir au Liban. Les deux hommes se mirent à rire de bon cœur et nous pûmes continuer notre chemin. Lena et moi échangeâmes un regard et éclatâmes de rire à notre tour. Après cet incident, le reste du trajet se déroula relativement normalement et nous arrivâmes au bureau de Joe. Je vis ce jour-là beaucoup d'amis musulmans que j'avais perdus de vue depuis longtemps. Ils vinrent me retrouver au « Choral Beach » et nous bûmes tous ensemble une coupe de champagne. Puis, vers cinq heures, il fut temps de repartir car nous ne voulions pas faire la route de nuit. Lena avait rendez-vous avec son petit ami à l'autre bout de la ville et le chauffeur décida donc d'emprunter le boulevard circulaire, le « Ring Road ».

Cette route était devenue célèbre depuis le début de la guerre, car les francs-tireurs s'y entraînaient. Nous étions là, roulant lentement dans notre taxi blanc étincelant, cible idéale. Dans les premiers jours de la guerre, emprunter cette route signifiait risquer à tout instant de recevoir une balle fatale entre les deux épaules. Finalement, nous arrivâmes à bon port. Mon père fut furieux d'apprendre notre escapade, mais tout était tellement banalisé que je n'avais pas considéré mon comportement comme absurde ou dangereux. Ce devait être un symptôme de ce malaise existentiel qui me conduisait à toujours pousser ma vie vers ses limites.

A la suite d'un grave accident, je dus rester dix jours à l'hôpital, immobilisée sur mon lit avec un appareil de traction pour remettre en place mes vertèbres. Les bombes commencèrent à tomber dans le quartier et je n'étais pas rassurée. J'entendais tout le monde courir vers les abris et moi je ne pouvais pas bouger...

Pendant ces longues journées, étendue sur le dos, je réfléchis à ma vie au Liban et me demandai si je devais rester. La situation allait de mal en pis et j'étais arrivée à un point où je rejetais cette société amorale. J'avais vingt-cinq ans et la vie devant moi.

Les rébellions dans le camp chrétien commencèrent. Samir Geagea défia les Gemayel en essayant de prendre par la force le commandement des Forces libanaises. En réponse, Amine étouffa l'insurrection en confiant le contrôle de la zone chrétienne à Elie Hobeika, jusque-là chargé de la sécurité des Forces. Hobeika profita de cette situation et décida de faire un pas vers les Syriens en proposant un traité qui lierait les deux pays. Ce geste était la négation même de la lutte des Chrétiens pendant toutes ces années de guerre.

J'étais profondément dégoûtée par le rôle d'Elie Hobeika. Il était évident que lui et son entourage étaient devenus les bouffons de Damas. Ils avaient réussi à diviser la communauté à l'extrême. Des tripots s'étaient ouverts partout, les gens ne pensaient plus qu'à l'argent et aux moyens de le gagner, et cette attitude montrait bien quels pouvaient être les rapports quotidiens qu'ils entretenaient entre eux.

Les combats entre les deux zones avaient repris de plus belle. Le gouvernement Gemayel s'était effondré et les deux camps, Musulmans contre Chrétiens, se battaient constamment.

Quand je sortis de l'hôpital, j'eus une conversation avec mon père et mon grand-père car j'avais décidé de partir, ne supportant plus de voir mon pays se désintégrer sous mes yeux. J'étais désemparée : j'avais tant voulu revenir vivre ici et maintenant j'y renonçais.

Les bombes tombaient sans discontinuer et il était devenu impossible de se déplacer, personne ne pouvait travailler. Chaque nuit, l'appartement que je partageais avec des amis était pris sous une pluie d'obus. Ils tombaient à proximité et chaque explosion secouait tout mon corps d'un frisson de terreur ou me projetait au bas du lit. Les dernières vitres tombaient en miettes. Je ne savais pas où me réfugier et je restais au lit, sans pouvoir fermer l'œil, attendant la fin des tirs. Et c'était ainsi, nuit après nuit.

Incapable de faire face plus longtemps à la corruption morale, à l'agression physique et à la violence, vaincue, je repartis vers Londres, au grand soulagement de ma mère.

V

Quitter Beyrouth n'était jamais facile, encore moins cette fois où j'avais longuement replongé dans l'anarchie et la violence. Je revins à Londres, transformée. Je m'étais davantage endurcie, j'avais perdu toute pitié. Je ne savais plus très bien où j'en étais. Je savais simplement qu'il me fallait résister, rester debout et essayer de recommencer une nouvelle vie.

J'abordais toute situation avec la plus grande méfiance. Je m'efforçais d'en garder le contrôle par la seule force de ma volonté et de mes désirs. Très ambitieuse, je travaillais beaucoup pour mener à bien mes affaires et j'avançais poussée par le besoin de gagner toujours plus d'argent.

Je me battais la plupart du temps contre le spectre de la trahison, adoptant une attitude froide et distante avec ceux qui m'approchaient et plus encore avec les hommes.

J'étais désespérément seule. Mais la lutte quotidienne dans laquelle j'avais engagé mon existence était devenue une sorte de drogue. Elle m'embrumait l'esprit et m'évitait de me poser les vraies questions : mon égoïsme, ma cupidité, mon ambition, ma méfiance, mon incapacité à me soucier des autres ou à les aimer.

Durant ces années à Londres, je me suis laissé abuser par les succès financiers qui récompensaient mes efforts. Je ne cherchais pas à justifier les moyens que j'avais mis en œuvre pour y arriver, les abus de confiance et les manipulations dont j'étais coupable. J'était devenue très habile pour utiliser les autres à mes propres fins et totalement égoïste.

Les seuls hommes que je côtoyais étaient ceux qui pouvaient m'apporter une sécurité matérielle. J'étais attirée par ceux qui, d'une façon ou d'une autre, représentaient le pouvoir par leur fortune ou leur position sociale. La plupart d'entre eux avaient réussi grâce à leur forte personnalité. Ils me désiraient pour des raisons qui leur étaient propres et je m'efforçais d'être conforme à leur attente. Je faisais partie du décor, un élément de leur richesse, de leur personnage comme une voiture de sport, une grande maison ou un compte en banque bien approvisionné. En mai 1987, cette course à l'argent s'accéléra et m'emporta. Mais ma conscience ne cessait de me parler de morale et de brandir le spectre de ma propre corruption.

Depuis l'enfance, le besoin d'être libre et indépendante avait toujours motivé mes grandes décisions. Quelles que soient les difficultés, je m'étais perpétuellement battue pour apprendre, étudier, trouver un travail et assurer mes propres moyens de subsistance, sans avoir besoin de demander une aide, financière ou psychologique, à quiconque. Il était vital que je ne dépende de personne. Dorénavant, je cherchais à fuir mes responsabilités. Mais cette fuite était une illusion. Je renonçais à mon indépendance, niais ma liberté et mon épanouissement.

Je compris enfin qu'il n'y avait ni raccourci ni solution de facilité. Il nous faut mériter ce que nous avons. Si nous choisissons de ne pas assumer nos responsabilités et de ne pas infléchir par nos choix le cours de notre vie, c'est souvent au prix de notre liberté physique et morale.

Élevée au Liban et en Angleterre, j'étais déchirée entre deux cultures. Mes parents m'ont toujours inculqué des notions de liberté, d'indépendance et d'autonomie. Mais j'ai grandi dans un pays où les femmes se marient jeunes et sont soumises et dépendantes de leur mari.

Lorsque je compris que je tenais avant tout à ma liberté et à mon intégrité, je sus qu'aucune fortune ou position sociale ne pourraient m'y faire renoncer.

J'étais en train de me débattre dans ces problèmes de conscience quand ma grand-mère Nana, qui avait toujours veillé sur moi dès mon plus jeune âge, tomba gravement malade. Elle était arrivée au bout de ses forces et son corps et son esprit aspiraient à la paix. Jour après jour, son état se dégradait. J'arrêtai de travailler pour rester à la maison et m'occuper d'elle. Je lavais, avec mille précautions, son corps décharné. Je m'étais tellement endurcie que je refusais d'admettre que cela me bouleversait.

Atteinte d'une sérieuse pneumonie, nous la transportâmes en urgence à l'hôpital. Ma mère et moi l'avons veillée. J'étais vraiment triste car je l'aimais profondément même si je n'avais jamais réussi à le lui exprimer simplement. Sur son lit avant sa mort, elle tourna la tête vers moi et me dit : « Tu as toujours fait ce que tu voulais. Je ne savais pas ce que tu allais devenir mais je crois que tu as changé ces derniers temps et je pense que tu t'en sortiras bien. » J'étais étonnée par ces mots. Avais-je été si volontariste ? De toute évidence, je n'avais dupé personne, si ce n'est moi-même.

151

J'enlaçai son corps frêle et regardai sa vie s'échapper jusqu'à ce qu'elle cesse de respirer. Pendant tout ce temps, je lui parlai doucement à l'oreille, lui disant combien je l'aimais, que tout se passerait bien et qu'elle ne devait pas avoir peur. J'assistais à une mort naturelle.

La mort n'avait été pour moi, jusqu'à ce jour, qu'un phénomène brutal, symbolisé par de nombreuses disparitions soudaines et violentes. Je n'avais jamais envisagé la mort comme synonyme de repos et de paix. Pour la première fois, je vis la vie s'en aller, quitter un corps au rythme et au moment qu'elle avait choisis. Nana mourut dans mes bras le lendemain. La disparition de ma grand-mère fut très douloureuse mais la nature reprenait ses droits. Elle avait eu une existence longue et riche et elle était prête à s'en aller.

Quelques mois plus tard, mon père m'appela de Beyrouth pour m'annoncer la mort de mon grand-père Camille. Il venait de mourir à l'hôpital d'une crise cardiaque. Mon grand-père et Nana avaient été deux personnes essentielles de mon existence et ils me laissaient en même temps.

Il me fallait retourner à Beyrouth pour les obsèques et les condoléances. Ma mère décida de venir avec moi car, depuis son mariage, il avait toujours été comme un père pour elle.

Notre retour à Beyrouth souleva d'énormes problèmes. Mon père vivait avec Ingrid, Tarek et leur petit dernier, Julien. J'appréhendais ces retrouvailles. Il nous était difficile de feindre l'indifférence. Ma mère, plus encore, dut oublier toute fierté et rester au côté d'Ingrid pendant les condoléances, alors que tout le pays défilait devant elle. Elle fut très courageuse durant cette épreuve et fit son devoir avec beaucoup de dignité.

Comme je le craignais, ce séjour au Liban rouvrit toutes mes plaies. Je sentais à nouveau toutes sortes de douleurs. Celle d'avoir perdu mes proches et les trahisons. Mon pays déchiré par la guerre et ma famille éclatée me bouleversaient.

Je me sentais de plus en plus étrangère. J'avais l'impression que, pour survivre à ces douze années de guerre, les Libanais devaient laisser libre cours à ce qu'il y a de plus vil dans la nature humaine. Je les trouvais égoïstes, arrogants et superficiels. J'étais pressée de m'éloigner de toutes ces attitudes qui avaient empoisonné mon existence.

Mon grand-père avait toujours rassemblé la famille autour de lui. Maintenant qu'il n'était plus là, que ce lien commun était perdu, il me semblait inéluctable que notre famille se disloque pour toujours.

Mon grand-père était symbole d'unité, pour moi bien sûr, mais aussi pour tout le pays. Il avait toujours accordé plus d'importance au « tout » qu'à ses composantes. Après sa mort, notre famille éclata effectivement et le pays tout entier continua lui aussi à se déchirer jusqu'à sombrer entièrement dans les abîmes de la guerre.

Je crois que pour nous tous mon grand-père incarnait une force stable et c'est pourquoi le peuple lui faisait confiance en tant que dirigeant. Lorsque je lis le célèbre poème de Rudyard Kipling, *If*, je ne peux m'empêcher de penser à lui :

Si tu peux garder la tête quand tous autour de toi
Perdent la leur et t'en blâment;

AU NOM DU PÈRE

Si tu peux avoir confiance en toi quand tous les autres en doutent

La présence de mon grand-père modérait les plus extrémistes et décourageait ceux dont le comportement était contraire à ses principes.

Au bout de dix jours, immergée dans la douleur d'un monde qui m'avait de nouveau chavirée, je repris l'avion et jurai de ne plus jamais revenir. Je sentais qu'il me fallait rompre une fois pour toutes.

Je ne fis jamais part de cette décision à mon père; je ne pouvais lui confier mes désillusions, alors qu'il était tellement impliqué dans la politique du pays, pris par ses responsabilités et ses projets. Il m'était impossible de retourner là-bas et de regarder une ultime fois la réalité en face : admettre que j'avais tout perdu et que ma vie ne se déroulait décidément pas comme je l'aurais souhaité.

J'étais confrontée au plus affreux des dilemmes. J'aimais profondément mes parents mais, par leur attitude intransigeante l'un vis-à-vis de l'autre, ils m'imposaient un choix que je ne pouvais faire : choisir entre l'un et l'autre.

Ma mère avait, pour se marier dans les années cinquante, quitté un pays civilisé, l'Angleterre, et une brillante carrière. Elle se sentait meurtrie par l'homme qu'elle avait aimé plus que tout au monde. Elle n'avait ni la volonté, ni le désir de refaire sa vie vingt ans après. Sa grande solitude faisait qu'elle ne pouvait accepter les moindres faits et gestes lui laissant supposer que j'acceptais l'attitude de mon père.

En 1988, mon père insista pour que je revienne au Liban l'aider et être à ses côtés pendant sa campagne présidentielle. Je dus affronter ma mère qui voyait dans

154

ce retour un soutien à cette nouvelle famille qu'il avait créée et qui avait détruit sa vie.

Mon père vivait mon éloignement comme un abandon délibéré et ses reproches me rendaient coupable de l'amour que je leur portais à tous les deux.

Pendant les difficiles périodes de divorce, les adultes oublient souvent que la personne dont ils parlent si durement est le père ou la mère de leur enfant. Ils abusent du besoin qu'il a d'aimer et de respecter celui ou celle qui est un modèle pour sa vie. Khalil Gibran dans *Le Prophète* l'explique de façon bien plus éloquente que moi :

Vos enfants ne sont pas vos enfants,
Ils sont les fils et les filles de l'appel à la Vie elle-même.
Ils viennent à travers vous mais non de vous.
Et bien qu'ils soient avec vous, ils ne vous appartiennent pas...

Nous ne sommes que les arcs d'où jaillissent les flèches vivantes que sont nos enfants. Chacun, enfants et adultes, a son parcours à accomplir. Nous ne pouvons nous mettre à la place des enfants, ni leur épargner la souffrance d'être séparés. Nous pouvons simplement les aimer. Pourtant mes parents m'ont prise à partie pour justifier leur souffrance durant cette longue période.

Puisque je ne pouvais les satisfaire, je me mis à leur mentir pour ne pas leur faire de peine. Mon comportement n'était jamais neutre mais reflétait leurs attentes. En essayant de les protéger, je commençai à me détruire et ces mensonges à leur égard devinrent une habitude pour l'ensemble de mes rapports avec les autres. Je façonnais la vérité afin qu'elle corresponde à mes besoins. J'en étais arrivée à occulter la réalité dans ma tête.

Cette pression eut des répercussions considérables sur mon équilibre personnel. Bien qu'indirectement impliquée dans leurs problèmes, je me sentais responsable de leur séparation et de leur échec. Les parents projettent trop leur vie d'adulte sur leurs enfants, que ce soit leurs joies, leur désir d'immortalité, leur chagrin, leurs mensonges et leurs tricheries. Nous, leurs enfants, nous recevons toutes ces émotions à l'état brut et les intériorisons. Ensuite, nous passons une grande partie de notre vie à essayer de comprendre le message qu'ils nous ont transmis inconsciemment.

A cette époque, j'approchais de la trentaine, je ne pouvais plus distinguer la vérité du mensonge, mes propres besoins de ceux des autres. Je ne connaissais que la peur d'être trahie et le chagrin qui l'accompagne.

J'étais écartelée. Je me revois assise dans ma chambre, pensant que seule la mort pourrait me sortir du dilemme dans lequel je me débattais. Je me sentais prisonnière, perdue et désespérée, je voulais en finir et me débarrasser enfin de cet étau de chagrin, je ne savais plus vers quoi me tourner.

J'avais toujours vécu en fonction des autres et je ne savais plus ce que, moi, je voulais vraiment. Je n'avais plus la force de me battre contre le chaos, la trahison et le climat de haine qui empoisonnaient ma vie. Il fallait en sortir. Je n'avais jamais été aussi proche du suicide mais, dans un dernier sursaut de vie, je trouvai la force d'appeler un de mes amis, analyste. Il devait y avoir tant de panique dans ma voix qu'on me le passa immédiatement. Le Dr R. me parla doucement mais fermement et insista pour que je passe le voir.

Lors des premières visites à son cabinet d'Hampstead, je m'asseyais et pleurais. Je ne pouvais rien faire d'autre, incapable de prononcer le moindre mot. Les larmes coulaient sur mon visage et ma gorge me faisait mal à hurler. Puis, petit à petit, quand je pus commencer à parler, je compris que tout ce chagrin venait du vide qui s'était fait autour de moi. Toute cette souffrance s'était accumulée au fur et à mesure des disparitions de ceux que j'aimais. Toutes les trahisons m'avaient fait perdre confiance en la vie. J'étais comme un navire à la dérive. Perdue dans les mensonges, les tromperies, les duperies, j'étais totalement déséquilibrée.

Née dans l'environnement féodal d'une famille patriarcale, régie par la force et le pouvoir, je compris combien ce milieu m'avait influencée, transformée et brisée. Pour vivre dans cet environnement agressif et violent qui était le mien, il m'avait fallu renoncer à cette partie de moi qui haïssait la violence et l'abus de pouvoir.

Pendant ces précieuses heures passées avec le Dr R., j'appris à être plus tolérante envers moi-même. Je pris conscience que j'avais fait des choses immorales et incroyables uniquement pour me protéger et survivre dans le tourbillon du monde qui m'avait imposé violence et destruction.

J'appris avant tout à me pardonner, à m'accepter telle que j'étais avec mes lâchetés, mes faiblesses, mes peines, mes passions, mes amours et mes haines. Tout cela faisait partie de moi. Au lieu de croire que ces sentiments m'étaient étrangers, j'appris à accepter mes émotions. Je compris également qu'il était inutile de cacher ou de fuir mon chagrin. Lui aussi faisait partie de moi, comme tout le reste. Il avait sa place dans ma vie et, d'une certaine façon, il me permit de canaliser mes forces et de pouvoir surmonter cette période. Plutôt que d'essayer d'étouffer cette douleur au fond de mon cœur, je compris qu'il me fallait vivre avec et l'utiliser comme une énergie positive qui m'aiderait à être plus charitable à l'avenir.

Pendant que j'accomplissais ce difficile travail, essayant consciemment d'inverser tous les schémas de comportement qui avaient toujours régi ma vie, mon âme elle aussi se transformait radicalement sur le plan spirituel.

Mon esprit était ravagé par la peine et le vide. J'avais lutté toute l'année contre le néant. Mes recherches ne m'avaient menée nulle part. Je ne pouvais plus composer avec la vie. J'avais réussi à éteindre son souffle et mon âme avait perdu toute référence au sacré. Mon esprit était stérile et inanimé. Les journées semblaient interminables, je ne voyais qu'un monde apparemment dénué de sens. Cette existence sans amour que j'avais construite pour m'abriter de la douleur avait fini par me couper de toute vie.

Toute l'année, j'avais eu l'impression d'être face à un mur et de vivre une vie dénuée de tout fondement. Les choses semblaient flotter autour de moi. Leur non-sens était simplement le reflet de ma propre désillusion et de mon existence rebelle.

Tout au long des jours, je languissais et dépérissais dans un état végétatif. J'étais spectateur de ma propre futilité et je m'interrogeais sur une fin éventuelle. C'était une période où je faisais l'inventaire de mes principes et des valeurs morales. J'avais l'impression qu'une force extérieure m'avait saisie et m'empêcherait d'avancer tant que je n'aurais pas fait le bilan de ma vie. Je compris peu à peu que cette période mystique d'expiation était une donnée importante de la foi. J'étais sombre et mélancolique. Toute la colère que j'avais portée dans ce monde, l'agression, la haine, le mensonge, s'incarnaient en des démons qui me regardaient fixement et me jugeaient.

Ce jour-là, dans ma chambre, allongée par terre, je ne savais vers qui me tourner. Je lisais un petit livre *La Voie orthodoxe*, qui parlait de la foi chrétienne et soudain tout s'éclaira.

C'était la première fois que je lisais un livre sur la foi.

J'avais volontairement choisi d'aller contre Dieu et la Vie, en étouffant en moi l'Amour. Fidèle à mon engagement pris des années auparavant, je m'étais coupée de la vie et avais permis à mon âme de s'éteindre. Je l'avais enfermée dans un monde matériel et enivrant.

J'avais choisi le chemin de l'obscurité. Je ressentais maintenant le dernier frisson de vie, un ultime sursaut pour me faire comprendre combien elle aurait pu être radieuse. En niant Dieu, j'avais séparé mon âme de mon corps et je la voyais se languir pour retrouver toute sa place. Pendant des années, je l'avais amputée pour ne pas souffrir.

Je l'avais trahie par les illusions et l'arrogance. En choisissant cette vie sans âme, j'avais renié l'essence même de tout être humain. Je n'étais qu'une carapace vide sans place dans ce monde. J'étais vraiment seule dans cette existence solitaire que je m'étais créée.

Toutes ces années de lutte, où j'avais imposé ma volonté contre la nature et la vie, n'avaient été qu'une confrontation avec le Mal. Je compris alors qu'il prenait la forme de nos intentions. Le Mal n'est pas une abstraction ou une fatalité, il existe par nos actes quand, par notre choix, nous blessons ou nous exploitons les autres.

La vie n'est qu'une succession de choix. Si nous sommes guidés par le calcul ou la duperie, par l'argent ou le pouvoir, alors nos choix sont viciés. En revanche, si nos intentions sont généreuses et charitables, alors nos vies deviennent authentiques et en harmonie avec le Créateur.

Nos choix sont les expressions de notre libre arbitre. Dieu nous a laissé la possibilité de L'aimer ou de Le rejeter. Et cet amour ou cette indifférence s'expriment à travers nos actions, dans nos relations avec les autres et encore plus dans notre relation avec nous-mêmes. Le Mal, lui, se manifeste lorsque nous abusons de notre libre arbitre, que nous pensons que notre personne est plus importante que toute autre chose et que nous croyons avoir le droit d'imposer notre volonté aux autres.

Vivre en harmonie avec Dieu, c'est être charitable, refuser la violence et les abus, aimer et chérir la vie sous toutes ses formes, être juste et bon pour autrui, dans nos pensées et dans nos actes, c'est reconnaître ce qu'il y a de bon chez l'autre, apprécier son parcours et ses efforts, et l'aider à découvrir, puis à atteindre le meilleur de lui-même.

S'opposer à Dieu et Le défier est le comble du narcissisme. Penser que nous sommes plus puissants que Dieu et que nous pouvons décider de notre vie et de notre destin, sont des péchés d'orgueil, contre nature, la négation de notre appartenance à un univers créé par Dieu.

Dans notre monde le désir de pouvoir est à l'origine de beaucoup d'actes néfastes puisque, pour exercer sa domination, il faut toujours être violent. C'est ainsi que je vivais modelant mon existence, par la seule force de mes désirs. Par mon comportement, j'avais refusé la vie, et maintenant elle me montrait combien j'étais impuissante, toute petite face à elle.

Pour comprendre tout cela, il m'a fallu devenir humble et admettre mon impuissance. Il me fallut implorer le pardon et reconnaître que, sans la grâce de Dieu, j'étais perdue. Je m'étais laissé prendre au piège de cet enfer et le seul moyen de m'en sortir serait un passage douloureux. Comme l'explique superbement Thomas Merton dans son livre *Le nouvel homme* : « Pour trouver la vraie vie, il faut renoncer à la vie telle que nous la connaissons. Pour trouver le sens, il faut renoncer au sens tel que nous le connaissons. »

Lorsque je lus *La Voie orthodoxe*, après un an de recherche spirituelle, mon cœur prit le pas sur ma pensée, elle qui, jusque-là, avait guidé mes actions. Je fus bouleversée par ce passage :

« La conversion n'est pas forcément une expérience brutale pour tous. Cette expérience semble être un acte de confiance. Notre péché d'autosuffisance s'efface devant notre volonté de laisser Dieu agir en nous. Dans la tradition orthodoxe, cet acte de confiance prend la forme d'un don de larmes. »

Pendant que je lisais ces lignes, je sentis les larmes inonder mon visage. J'essuyai mes joues. Elles étaient si douces et si tendres que mon cœur endurci depuis si longtemps redécouvrit la joie.

Puis, je sentis un flot d'énergie et de chaleur parcourir mes veines si froides, réchauffant tout mon corps après ces années de solitude et de chagrin. Je sus à cet instant que je n'étais plus seule et que je ne le serais plus jamais.

Dieu et l'Amour venaient d'entrer dans ma vie. Tout scintillait autour de moi. Pendant des jours, je marchai transformée et exaltée, brillant d'une lumière intérieure. J'étais humble et remerciais Dieu qui, dans Sa douceur et Sa bonté, avait ramené mon cœur et l'avait ouvert à Lui. Je Le voyais dans toute sa puissance et sa gloire. Dorénavant, ma relation avec Lui devenait primordiale. J'acceptais de me donner à Lui en toute confiance. Je savais qu'Il me montrerait le chemin. Mon âme s'élevait, attirée par sa Toute-Puissance.

De ce jour-là, je me transformai. Je choisis la voie de Dieu, j'essayai de réorienter ma vie et de tendre vers les valeurs qu'Il nous enseignait, l'Amour et la Vérité. Je savais à quoi ressemblait une vie sans Amour : j'avais connu l'autre face et ses chemins solitaires qui ne menaient nulle part si ce n'est dans l'ombre de la vie.

Je compris que la guérison commençait. Ma vie retrouvait peu à peu un sens. Souvent, je reprenais mes anciennes habitudes, mensonge, cupidité, et chaque fois, j'analysais et je reconnaissais mes erreurs. Je me rendais compte combien je m'étais éloignée du droit chemin.

Au début, j'eus des difficultés. Mais, avec le temps, mes déviations devinrent moins fréquentes. L'essentiel était la compréhension de ces mécanismes qui m'avaient détruite. Je maîtrisais les signes avant-coureurs de mon comportement. Je pesais toujours plus mes responsabilités afin de choisir sans avoir à le regretter ensuite. Je devenais chaque jour plus attentive ; mes choix étaient motivés par la Vérité.

Désormais, je comprenais la notion de responsabilité. Chaque individu est maître de ses choix. Nous ne pouvons accepter de mentir même si la vérité déplaît aux autres.

Je ne pourrais plus jamais me mentir à moi-même. Cette force qui s'était emparée de ma vie et qui m'avait arrachée de mon enfer continuait à veiller sur moi. A la moindre défaillance, je constatais que la vérité était toujours la plus forte.

Quand j'acceptais de me laisser vivre avec confiance, les événements me récompensaient. Après tant de luttes, la vraie vie m'accueillait enfin.

J'étais en harmonie avec la nature, ses lois et ses principes spirituels. Je n'affrontais plus la vie. J'avais confiance en Dieu. Sa logique suprême devenait évidente.

Nous sommes élevés dans la fausse idée que la vie est une expérience merveilleuse et qu'elle s'écoule paisiblement, que « tout va pour le mieux dans le meilleur des mondes ». La moindre embûche ou déception nous accable. Mais la vie n'est ni douce ni dure; elle est ce qu'elle est, ni plus ni moins. Essayer de la voir autrement n'est qu'une interprétation. Nous ne pouvons la contrôler : la seule façon de surmonter les peines et les souffrances qu'elle nous inflige est de savoir que la vie continue. Ce n'est que grâce à un détachement conscient et charitable que nous pouvons ressentir et partager le respect de la vie.

Le détachement n'est ni égoïsme ni désillusion mais une meilleure compréhension des choses qui nous incite à partager notre douleur. Nous sommes au monde pour apprendre à la surmonter. C'est par la douleur que nous devenons pleinement des individus, reconnaissant notre humanité dans toute sa fragilité et sa grandeur. Elle est à l'origine de cette force qui nous lie les uns aux autres et qui conduit à l'Amour.

AU NOM DU PÈRE

Si nous nous sentons trahis ou déçus, démotivés, c'est parce que nous sommes pris au piège de nos illusions, incapables de voir les choses telles qu'elles sont ou de les évaluer correctement. Souvent, plongés dans les illusions, certains cherchent à affirmer leur personnalité par la fortune, le statut social ou le succès. Ce que nous refusons de voir, c'est que nos déceptions sont les expressions de nos vaines tentatives pour dompter la vie ou pour recréer le monde à notre image.

Dès que nous essayons d'imposer notre volonté à la nature et à la vie, nous rencontrons une résistance. Nous doutons alors de notre pouvoir et finalement nous doutons de nous-mêmes. Et plus nous doutons, plus nous luttons jusqu'à ce que nos vies ne soient plus qu'un long combat, peuplé d'angoisses dues à cette faiblesse que nous percevons en nous. Elle est pourtant aussi une illusion, engendrée par ce que nous croyons devoir attendre de la vie. La vie ne nous doit rien, nous n'avons rien à lui réclamer. Lorsque nous faisons le bilan, nous n'avons jamais rien eu. La seule chose qui reste est une vie bien vécue.

Pendant de nombreuses années, je me suis laissé emprisonner dans le cercle vicieux du pouvoir, de la résistance, du combat, de la dureté et de la peur. Mon seul objectif était de revenir à un passé qui n'avait jamais existé. En essayant de retrouver ces éléments qui avaient maquillé ma vie, le pouvoir et le prestige, j'avais fini par personnifier ces valeurs qui m'avaient détruites.

Quand je ne pus aller plus loin, forcée de m'arrêter, je compris combien j'avais moi-même préparé cette chute finale. En renonçant à ce besoin de régir ma vie, j'étais de nouveau capable de vivre. Si l'on ne recherche pas à tout prix à connaître toutes les réponses, elles nous sont fournies. C'est en vivant et en étant soi-même que l'on apprend, que l'on grandit. Je sais que la vie sait ce qui est le meilleur pour moi. J'écoute et ressens les choses avec mon cœur et c'est Lui qui me dicte mes choix.

Notre cœur est à l'image de notre âme, porteur d'amour et médiateur entre nous et les forces de la vie. C'est par le cœur que l'on arrive à la compassion. Il est essentiel d'être à l'écoute de l'autre, présent et attentif, de savoir reconnaître dans chaque individu ce qui le rend distinct et unique, reconnaître son âme. Il ne faut pas, pour cela, être particulièrement perspicace ou asservi, il faut simplement être authentique et entier dans notre relation aux autres.

Parfois pris dans les tourments de la vie, nous mettons brusquement les autres de côté et nous n'entendons plus leurs besoins et leur douleur.

Il est important de savoir se mettre à la place des autres, même les plus cruels, de comprendre combien leur âme est déformée, comment elle en est arrivée à cette monstruosité, pour pouvoir, en un sens, leur pardonner. Car seule la charité peut nous empêcher d'agir aveuglément ou cruellement. Les deux notions chrétiennes « Aime ton prochain comme toi-même » et « Ne fais à ton prochain que ce que tu accepterais qu'il te fasse » sont fondamentales. C'est de là qu'il faut partir et de là que naît la charité, car cela implique le respect et la justice, dans la mesure où chacun pèse ses actions et ses mots. Tout individu réfléchirait plus longtemps et plus précisément à ses actes s'il savait qu'un jour la même chose peut lui être faite.

La vérité repose dans notre cœur. En l'écoutant, nous pouvons savoir ce qui est juste. Souvent, nous refusons de l'entendre par peur de la réaction des autres à nos propos ou nos gestes.

Nous cachons une part de nous-mêmes et nous l'enfermons. Puis, le temps passant, cette partie de nous-mêmes que nous avons écartée finit par nous hanter. Elle finit par empoisonner notre vie, par s'insinuer dans nos relations, par faire pression et par créer une frustration. Pourquoi ? Parce que nous n'avons pas eu le courage de vivre pleinement notre destin et notre vie.

Nous avons besoin des autres pour nous affirmer, pour nous rassurer et pour nous convaincre que nous sommes sur le droit chemin. Nous nous réfugions dans la sécurité matérielle, une moralité de bas niveau, une attitude critique et puis, nous finissons par en vouloir à ceux qui ont osé être eux-mêmes et qui font ce que dicte leur cœur. Nous ne sommes plus que les spectateurs de notre propre vie. Mais nous ne voulons pas vivre autrement parce que l'autre choix nous terrorise. Quand nous nous replions sur nous-mêmes, le monde se replie également. Nous devenons des petits individus, terrorisés par l'extérieur, le changement et l'inconnu.

Le secret, c'est de savoir que l'on ne saura jamais. Nous n'avons pas besoin de savoir. Nous avons besoin d'être et de faire confiance à Dieu. L'important est de donner le meilleur de soi-même.

Aujourd'hui au Liban, après tant d'années de guerre, j'ai envie de crier : « Arrêtons de croire que nous connaissons toutes les réponses. » Chaque faction proclame une solution pour le bien commun. Nous devons admettre que nous n'y connaissons pas grand-chose et que, si nous avions ne serait-ce qu'un début de réponse, nous ne serions pas dans cette situation désespérée. Reconnaître que l'on ne sait pas est le vrai signe de la sagesse.

En admettant l'ignorance, on renonce à la fierté que nous apporte le savoir. Car ce supposé savoir n'est qu'une illusion. Nous devons voir les choses telles qu'elles sont et laisser de côté nos interprétations usées et pleines de préjugés. Regardons dans nos cœurs, arrêtons de juger et de condamner et essayons d'avoir de la compassion les uns envers les autres.

Dans nos cœurs, que nous soyons Musulmans, Chrétiens, Druzes, Bouddhistes, nous partageons tous la même douleur, les mêmes chagrins, les mêmes frustrations, les mêmes joies, les mêmes rires.

Le Dalaï Lama, lors d'un discours au Constitution Hall, déclara : « Fondamentalement, nous sommes tous les mêmes. Je viens de l'Est, vous êtes presque tous des Occidentaux. Si je vous regarde superficiellement, vous êtes différents et, si je m'arrête là, il se crée une distance entre nous. Si je vous considère comme mes propres enfants, comme des êtres humains comme moi, avec un nez, deux yeux, etc., alors cette distance disparaît. Nous sommes faits de la même chair humaine. Je cherche le bonheur et vous le cherchez aussi. Par cette mutuelle reconnaissance, nous pouvons fonder une relation sur le respect et sur une vraie confiance entre nous. »

Il faut apprendre à faire taire nos revendications individuelles, à laisser s'exprimer nos émotions et nos sentiments et à ne pas se laisser influencer par ceux qui utilisent la souffrance pour servir leurs intérêts personnels. Ignorons ceux qui prônent des solutions toutes faites; il n'y a pas de recette miracle pour la paix. C'est un processus qui vient du fond de chacun d'entre nous lorsque nous renonçons à tout ce qui conduit à la violence. La sagesse vient de chacun de nous. Nombreux sont les problèmes engendrés par nos propres imperfections comportementales, la peur, la fierté ou le désir.

Les problèmes sont rarement endémiques. Quoi qu'il en soit, il est du ressort de notre responsabilité d'adopter une attitude différente vis-à-vis de nous-mêmes et du monde qui nous entoure pour surmonter ces restrictions. Il faut apprendre à ouvrir notre cœur à autrui et à être en paix avec nous-mêmes afin de ne plus convoiter ce qui ne nous appartient pas.

A cet instant de l'histoire sanglante du Liban, nous n'avions plus rien à craindre. Nous avions connu toutes les horreurs, perdu tous nos biens les plus chers, y compris notre pays. Il ne restait rien dont nous puissions encore être fiers. Nous pouvions reposer notre ego. Il avait assez servi pendant ces années de destruction et de chaos. Il nous fallait abandonner nos illusions et nos rêves de puissance et de domination.

Notre plus grand défaut est cette tendance à glorifier notre individualité. Seul, nous n'avons rien à offrir. Mais, collectivement, nous formons un peuple habité par un esprit commun, l'esprit de notre nation. C'est seulement au sein d'une collectivité que nous pouvons exprimer notre individualité et notre spécificité. Ce caractère unique de chacun de nous ne prend sa valeur que dans la relation avec les autres, cette relation est l'essence même de la vie.

N'oublions jamais que nous faisons partie d'un tout et que notre attitude dans la vie quotidienne est importante. Ce qui compte, ce sont la valeur et la justesse de nos engagements, les motivations et les intentions qui se cachent derrière nos actions. Notre planète se meurt aujourd'hui de notre irrespect et de notre inconséquence. Nous détruisons les forêts et leur faune, nous polluons l'air, nous avons laissé dévaster des pays par la famine et la misère car les ressources de la terre sont inégalement réparties.

Pourquoi ? Non parce que nous coupons des arbres, fabriquons des voitures ou cherchons des marchés économiques, mais parce que nous n'en avons jamais envisagé les conséquences. En fabriquant des automobiles, nous ne considérons que le point de vue économique, en laissant sombrer les pays du tiers monde, nous acceptons tacitement la misère de leurs populations.

Nous souffrons d'un manque de clairvoyance. Nous agissons comme des irresponsables pour des gains immédiats et pourtant la vie ne prend de sens que dans le long terme.

Pendant des siècles, la seule réponse communément donnée à toute opposition fut la violence émotionnelle, physique, sociale ou internationale, qui atteint son paroxysme dans le meurtre institutionnalisé appelé « guerre ». Beaucoup tentent de régler les oppositions par la guerre et cherchent la paix en essayant de gommer les différences. Ce ne sont pas les antagonismes qui produisent la violence mais la façon dont nous y répondons.

Ne pas voir la face cachée du conflit, le lien entre tout contraste, nous conduit à considérer toute opposition comme un obstacle au développement. Nous nous focalisons sur l'opposition entre « nous et eux », « nous » incarnant le bien et « eux », le mal, et nous perdons de vue le « tout » dont nous faisons partie. Nous érigeons en mythe la notion de « l'uniformité par l'élimination de tout ce qui n'est pas comme moi », ainsi la différence engendre nécessairement la lutte. Après les disputes et les accusations, résoudre une opposition entre deux personnes se définit souvent en termes de « gagner ou perdre ». Cette perception de la différence comme un combat réduit notre vision du monde, limite nos choix et nous enferme dans des luttes interminables. Au lieu de chercher à résoudre le conflit, nous concentrons notre attention sur la haine, la peur et sur le moyen de blesser ou d'anéantir celui que nous considérons comme notre ennemi. La preuve, nous nous faisons la guerre depuis plus de dix ans au Liban.

VI

Il n'y a pas de mauvaises races, peuples, nationalités ou religions, il n'y a que de mauvais individus.

Si un peuple est gouverné par un chef d'État malfaisant ou perverti, son règne reflétera sa nature. On ne peut confondre un peuple et ses gouvernants. Si nous les confondons, nous faisons abstraction du tout au profit du particulier et, en un sens, nous justifions les génocides.

Pendant la crise du Golfe en 1990, je fus sensible à une distinction. Condamner l'attitude belligérante du président Bush n'était pas la même chose que condamner les troupes. Quand les Libanais parlent les uns des autres, ils généralisent. Nous mettons une étiquette sur un groupe d'individus et leur attribuons des faits et gestes que nous encensons ou condamnons. Nous sommes ainsi les victimes de notre propre propagande.

Tous les Chrétiens et tous les Musulmans ne sont pas criminels, bien qu'à une certaine période de l'histoire leurs chefs aient pu être criminels ou corrompus. Les individus sont-ils dignes de notre confiance ? Leurs actions sont-elles justes ? Agissent-ils avec responsabilité, croient-ils en des valeurs respectables ?

Un vrai chef se doit de donner l'exemple, il ne peut imposer un comportement. Il doit être reconnu et choisi librement par le peuple qui voit en lui une image de lui-même. Prenons un exemple : dessinons un cercle, puis traçons un autre cercle plus petit à l'intérieur du premier. Lequel est le plus représentatif ? Le plus petit, car il comprend les mêmes éléments que le grand mais plus condensés. De même, un chef d'État est l'expression microcosmique du tout. Les deux sont inextricablement liés et se mettent mutuellement en valeur ou s'opposent.

Au Liban, la plupart des responsables politiques étaient corrompus. J'ose l'affirmer car ils n'agissaient jamais pour le bien du plus grand nombre, voulant ignorer que ce qui était bon pour tous l'était aussi pour eux et pour la communauté, que lorsqu'un ensemble est florissant, chaque entité qui le constitue s'épanouit. Pour les hommes politiques libanais, être au pouvoir signifiait être servi. Ils n'ont jamais compris que le vrai devoir d'un homme d'État est de servir les autres.

Avoir le privilège et la responsabilité de gouverner implique une confiance du peuple pour son chef. Sa conduite doit alors être digne de cette confiance. Ce fut rarement le cas dans mon pays, où les leaders successifs trahirent la confiance de la population en aggravant le conflit plutôt qu'en recherchant la paix.

En 1988, autre exemple de la pusillanimité de nos chefs, Amine Gemayel se présenta pour un deuxième mandat présidentiel anticonstitutionnel, remettant à plus tard le processus électoral. En tant que Président, et comme prévu par la Constitution lorsque l'état d'urgence est déclaré, il prit sur lui de nommer son successeur, le général Michel Aoun, Premier ministre, puis il démissionna.

Entre-temps, les pays arabes étaient convenus de résoudre la crise libanaise lors d'une conférence connue sous le nom des « accords de Taef ». La Syrie avait un rôle prépondérant dans le processus de paix et le contrôle des accords. Elle était chargée de surveiller que les modifications constitutionnelles prévues par les accords soient effectivement appliquées.

La conférence de Taef devint une tribune internationale pour résoudre la crise du Liban. Elle avait le soutien du monde entier, des pays arabes, et plus important encore, des États-Unis.

C'était en fait l'occasion rêvée d'abandonner le problème libanais entre les mains syriennes. Ironiquement, les seuls qui s'opposèrent aux accords de Taef furent les Libanais eux-mêmes. Une fois de plus, leur destin était aux mains de puissances étrangères qui avaient des intérêts dans l'issue du conflit. La Syrie d'Hafez El Assad avait adroitement joué et s'était imposée comme le gardien et le bénéficiaire des accords de Taef.

Le général Aoun, symbole de l'armée libanaise et donc de la souveraineté de l'État, se méfiait de ces accords. De son côté, mon père, qui était particulièrement patriote et très attaché à l'indépendance absolue du Liban, y vit immédiatement un moyen pour la Syrie d'annexer légalement le pays. A long terme, ces inquiétudes se révélèrent exactes. Tous les deux s'opposèrent fermement à la mise en place des accords de Taef.

Le général Aoun semblait incarner tous les espoirs du peuple libanais. Il parlait de démocratie, de paix, de rétablissement de l'ordre ancien, d'abolition du règne des milices et de libération du Liban de l'occupation étrangère.

En réponse à son appel à l'unité nationale et au pardon, le peuple se rallia à lui à travers tout le pays. La foule venait en masse et montait la garde devant le palais présidentiel, en chantant des airs de libération et des chansons nationalistes. La nation tout entière était balayée par un vent d'euphorie.

Le peuple et le général semblaient être emportés par un sens du destin et de l'indépendance. Tant et si bien que le général appela à une guerre de Libération du peuple libanais de la botte syrienne. Il fit procéder à l'expulsion de tous ceux qui ne soutenaient pas cette cause, en commençant par l'ambassadeur des États-Unis et tout le personnel de l'ambassade qui fuirent le Liban et le général audacieux, par crainte pour leur sécurité.

En tant qu'observateur extérieur, j'assistais à ces événements avec le plus grand étonnement. Alors que certains étaient fascinés par la rhétorique du général, je me rendais compte que ce qui arrivait menait inexorablement à la destruction de la nation. D'un côté, le général prônait la démocratie et la paix, de l'autre, tous ses gestes montraient qu'il était intimement convaincu que la paix ne pourrait être obtenue que par les armes. Je trouvais tout cela paradoxal et ses efforts me semblaient voués à l'échec. Je voyais surtout en lui un militaire qui s'était vu confier le contrôle politique d'un pays. Je savais que toute solution au conflit libanais passerait forcément par la diplomatie et le dialogue. Les armes avaient conduit la nation à la tragédie. Malheureusement, sous la direction du général et malgré toutes ses bonnes intentions, les armes contribuèrent à accélérer notre destruction. A mes yeux, il raisonnait à court terme et ne tenait pas compte du contexte mondial.

Quand les accords de Taef entrèrent en application, il y eut deux gouvernements au Liban, l'un dirigé par le général, l'autre désigné par les accords. Les deux se déclaraient légitimes alors qu'ils étaient tous deux les conséquences de circonstances extérieures. Aucun n'avait été élu par le peuple, aucun donc n'était vraiment représentatif de sa volonté.

Mon père s'était laissé emporter par le courant. J'avais l'impression qu'il ne distinguait plus l'arbre de la forêt. Son seul souci était de protéger le Liban face à la menace syrienne. Il avait senti le danger potentiel que contenaient les accords et il n'abandonnait pas la lutte. La situation lui paraissait si grave qu'il me téléphona à Londres pour savoir si je pouvais l'aider et me confia une mission. J'appelai le Foreign Office et demandai à voir un des responsables. Je sortis de ce rendez-vous convaincue que les pays occidentaux approuvaient entièrement le principe des accords de Taef et souhaitaient qu'ils soient appliqués. Ils étaient déterminés à aller jusqu'au bout des accords et à couper l'herbe sous le pied du général. Je transmis le message à mon père. Furieux et blessé, il ne m'écouta pas et m'accusa d'être à la solde des Occidentaux.

Je ne savais plus que faire. Mon bon sens m'indiquait que mon père était coincé par l'attitude et la position du général dont le déclin s'accélérait. Je m'inquiétais pour mon père et je ne pouvais rien faire pour lui. Le général avait réussi à s'isoler, à isoler mon père et le peuple libanais du reste du monde.

En janvier 1990, la situation se dégrada encore. Les Chrétiens recommencèrent à se battre entre eux, anéantissant leurs forces en un sanglant combat fratricide. Le général Aoun et Samir Geagea, chef de l'armée chrétienne, les Forces libanaises, se disputaient le contrôle du secteur chrétien et plongèrent la communauté dans un nouvel engrenage de massacres et de destructions massives.

175

Les Syriens observaient et attendaient que la communauté chrétienne s'autodétruise. En arrière-plan, le processus des accords de Taef se poursuivit avec la nomination d'un Président entièrement dévoué à la politique syrienne.

J'étais à Londres quand les combats reprirent entre les deux factions chrétiennes. Ingrid et ma toute petite sœur Tamara étaient retenues prisonnières par les Forces libanaises dans les caves de leur appartement. Elles y restèrent de longues semaines. Mon père, avec les deux garçons, était à Baabda. Il était loin de la maison quand les combats avaient éclaté et n'avait pu y revenir. Le téléphone ne cessait de sonner, mes amis inquiets m'appelaient pour m'entendre démentir les rumeurs annonçant la capture et la mort de mon père. Même si, depuis mon enfance, j'avais toujours entendu ce genre de rumeur, j'étais angoissée par ces rappels constants des dangers qu'ils couraient.

Une fois de plus je me sentais impuissante. Je ne pouvais rien faire d'autre que prier pour leur vie. Il m'était impossible de parler à mon père, toutes les lignes téléphoniques étant coupées. Je n'avais aucune nouvelle directe, donc fiable.

J'avais l'impression que ce combat entre le général Aoun et Samir Geagea était l'ultime trahison de la communauté chrétienne. Depuis que Béchir Gemayel avait avoué l'assassinat de Tony Frangié et de sa famille, depuis qu'il avait essayé de nous anéantir, la communauté chrétienne avait choisi la violence et le meurtre comme un moyen de résoudre les luttes pour le pouvoir. Les différents leaders abusaient de la confiance du peuple. Ils choisissaient délibérément la violence, comme s'ils pouvaient disposer des vies des jeunes gens qu'ils appelaient à mourir pour les soutenir.

Et maintenant, tout recommençait. Les Chrétiens étaient tellement absorbés par leur propre destruction qu'ils ne voyaient plus la scène internationale et la redistribution des pouvoirs dans toute la région. Le combat à mener alors n'était pas dans les rues de Beyrouth mais dans les couloirs du Pentagone où étaient nouées de nouvelles alliances.

C'est à ce moment que je rencontrai Fred qui deviendrait l'âme sœur et le compagnon de ma vie. Il habitait Washington et je lui rendis visite. En me ramenant à l'aéroport, il me fit visiter le Mall et le Mémorial de Lincoln. J'ai toujours trouvé étrange qu'un événement mineur puisse, avec le temps, prendre une signification mythique.

Lors de mon séjour dans la capitale fédérale, je m'étais plus ou moins détachée des événements libanais. Je me battais pour trouver la paix et j'avais décidé d'avancer dans ma vie. Pourtant, ce jour-là, au Mémorial de Lincoln, j'eus un étrange pressentiment. J'eus la conviction que le Liban n'en avait pas terminé avec moi. Je marchais dans ce hall sacré, dominé par la majestueuse statue du Président, et commençais à lire les discours gravés sur les immenses murs de marbre. Je lisais ces mots et fus saisie par une impression d'immortalité et de temps suspendu. Les mêmes combats qui avaient déjà été menés continuaient à faire rage. La lutte de l'homme contre la souffrance et la guerre ne s'arrêterait jamais.

Je me sentais minuscule. Je m'approchai du mur et restai debout sous les mots gravés. J'avais l'impression qu'ils me tombaient dessus. Ils m'emportaient dans leurs flots vers un océan d'images. Je pouvais à peine les lire tant ils étaient déformés. Ma nuque semblait vouloir se briser et pourtant je ne pouvais pas bouger.

Je restais en dessous et laissais les mots m'écraser du poids de leur signification.

« Sans malice envers quiconque, avec charité pour tous, fermement attaché au droit, Dieu nous donne le pouvoir de voir la justice, luttons pour terminer l'œuvre commencée, pour panser les plaies de notre nation, pour prendre soin de ceux qui ont combattu, de leurs veuves et de leurs orphelins, pour faire tout ce qui est en notre pouvoir pour construire et entretenir une paix durable et juste entre les hommes et les pays. »

Telles étaient les phrases du deuxième discours d'inauguration de Lincoln. Les larmes emplissaient mes yeux. Ma gorge était nouée, je pivotai sur moi-même et me sentis très seule. Tout le monde était à l'autre bout, il n'y avait que moi sous les mots qui pleurais. Cette douleur et cet espoir qu'ils exprimaient me touchaient au plus profond de moi-même par leur vérité. Ils étaient sans âge et toujours si vrais. En les lisant, je compris qu'un jour, je ne savais pas quand ni comment, je serais moi aussi appelée pour panser les plaies du Liban et construire la paix. Et, dans un instant fugitif, je sus qu'il me faudrait encore souffrir beaucoup.

J'entendis Dieu murmurer. Je n'en comprenais pas bien les implications ni les conséquences, mais quelque part en moi je sentais qu'il restait un travail inachevé et qu'un jour je serais une composante d'un ensemble plus large. Je traversai le Mémorial et redescendis les marches inondées de soleil. Autour de moi, l'air semblait électrique. Une lumière argentée perçait à travers les arbres. Ils scintillaient, comme animés par la révélation que je venais d'avoir. J'entendais les feuilles bruisser sous le vent et, en cet instant bref mais éternel, je me sentis en paix avec mon âme, la vie et Dieu.

Pour l'été 90, je retournai à Washington. Saddam Hussein envahit le Koweit et le président Bush entama sa dangereuse campagne politique pour libérer le pays et détruire la machine de guerre irakienne. Je savais qu'il en résulterait un nouvel ordre dans cette partie du monde. J'étais très choquée de l'attitude belligérante du président Bush. Il voulait la confrontation et il nous entraînait inexorablement vers la guerre.

J'avais vécu avec la guerre la plus grande partie de ma vie; je pensais que les États-Unis allaient droit à un choc désastreux dont l'écho résonnerait encore pendant de longues années. Le Président s'employait à lier des alliances stratégiques avant le combat. James Baker, son ministre des Affaires étrangères, s'envola vers la Syrie pour convaincre Hafez El Assad qu'il devait s'engager dans la coalition contre Saddam Hussein. A cette nouvelle, mon cœur se brisa. J'appelai une amie et lui dit : « Et voilà, nous sommes perdus. Baker serre la main d'Assad et la face cachée de la négociation, j'en suis sûre, c'est la totale liberté d'intervention d'Assad au Liban contre sa coopération avec les Américains dans la crise du Golfe. »

Quelques semaines plus tard, le 13 octobre 1990, les troupes syriennes envahirent le Liban. Le président Bush avait défendu la cause du Koweit à travers le monde, au nom du droit international et de la justice. Mais il ne dit pas un mot de l'invasion du Liban par la Syrie. Un autre petit pays était pourtant englouti par son grand voisin ambitieux.

Peu après l'invasion, le général Aoun fut convoqué à l'ambassade de France. Il tomba dans un piège et ne put en ressortir. Mon père était toujours dans son appartement et je commençais à être très inquiète. Les Syriens ne l'avaient jamais aimé, tout comme mon grand-père, car ils avaient toujours critiqué leur rôle dans le conflit libanais. Je savais qu'il courait un grand danger maintenant que les Syriens avaient envahi le pays.

Il était injoignable. Des bruits contradictoires couraient sur sa localisation exacte. Certains disaient qu'il avait trouvé refuge dans la maison du consul de France, d'autres affirmaient qu'il était parti pour notre village Deir El Kamar où il bénéficiait de la protection de Walid Joumblatt.

J'appelai M. Nasib Lahoud, ambassadeur du Liban à Washington, et le suppliai de faire protéger mon père. Il m'assura que le gouvernement lui avait indiqué que toutes les précautions avaient été prises.

Le 21 octobre 1990, il était quatre heures du matin aux États-Unis, quand le téléphone sonna. Je sautai du lit, le cœur battant. La nuit, les appels sont toujours de mauvais augure. Je pensai que c'était mon père qui m'appelait, il était le seul à téléphoner aux petites heures de la nuit. Je décrochai, c'était ma mère. Dès que j'entendis sa voix, je sus qu'il était arrivé quelque chose de grave. Je hurlai dans le téléphone : « C'est papa, n'est-ce pas ? Qu'est-ce qui ne va pas ? Que s'est-il passé ? Il est mort, n'est-ce pas ? Ils l'ont tué ? » Elle ne put que dire : « Oui, oui, oui. » Puis elle ajouta : « Il n'y a pas que lui Tracy, ils ont tué tout le monde, Ingrid, Tarek et Julien ; ils sont tous morts. »

Je ne la crus pas. Je criai de rage et de douleur. Mon cœur s'arrachait de ma poitrine, je ne pouvais m'arrêter de hurler. Je jetai le téléphone et frappai de toutes mes forces sur la chaise à côté de moi. Une immense douleur physique et morale m'envahit. Fred prit le téléphone et parla avec ma mère. Je ne comprenais plus rien, je ne voyais plus rien, mon esprit était noyé. La colère me submergeait. Comment peut-on tuer des enfants de sang-froid ?

Les tueurs sont arrivés à la maison au petit matin. Trois d'entre eux sont montés à l'appartement. L'un resta en faction près de l'ascenseur pendant que les deux autres sonnaient à la porte. Lorsque la gouvernante, Jeannette, ouvrit, le plus grand des deux l'écarta brusquement et demanda à voir mon père. Il apparut, encore en robe de chambre, et fut entraîné dans l'alcôve du salon. Un des hommes lui tira alors des balles dans la tête et au ventre avec une arme munie d'un silencieux. L'autre, qui avait enfermé Jeannette dans la salle de bains, tua Ingrid et Tarek. Julian, le plus petit, courut en criant vers sa chambre et rampa sous son lit. L'un des assassins le poursuivit, le traîna hors de sa cachette et tira plusieurs balles. Julian mourut sur le chemin de l'hôpital.

C'était complètement irrationnel et si cruel. Mon père était si fort, si vivant et maintenant, je ne pouvais rien imaginer d'autre que son corps gisant, sans vie, troué de balles. Pendant des jours et des semaines, je restai hantée par une image : l'instant où il a dû comprendre qu'il allait être abattu. Je voyais sans cesse cette scène qui m'obsédait.

Par miracle, ma petite demi-sœur, Tamara, âgée d'un an, survécut. Ils ne la virent pas dans son petit lit et elle échappa au massacre.

Ce jour où mon père fut assassiné est le jour le plus noir de ma vie. Mon passé, mon présent et mon avenir m'explosaient au visage. Je savais que le pire ne faisait que commencer. Il me faudrait vivre et traverser les prochaines heures, les prochains jours, les prochaines semaines, les prochains mois, les prochaines années, avec cet acte monstrueux, supporter la terrible et douloureuse absence de mon père.

Dans la matinée, beaucoup avaient appris la nouvelle. Ils commencèrent à se rendre à la maison. Je téléphonai à ma mère; nous décidâmes de nous rejoindre à Paris et de voyager ensemble vers Beyrouth pour les funérailles.

Fred et moi avons sauté dans le premier avion pour Paris. Je ne pus dormir pendant le voyage. Dès que je fermais les yeux, des images atroces défilaient, les enfants morts, Ingrid et mon père abattus. Quand nous sommes arrivés à Paris, le désordre régnait. Chez ma cousine Carole, il y avait un monde fou. Tous les Libanais semblaient être assommés par le choc. Mon oncle paternel, Dory, arriva le lendemain. Il devait partir pour Beyrouth le jour suivant et il était prévu que ma mère et moi voyagerions avec lui. Mais, sans savoir vraiment pourquoi, je refusais. Je ne faisais confiance à personne. Les hommes chargés d'assurer ma sécurité étaient les mêmes qui avaient eu en charge celle de mon père lorsqu'il avait été sauvagement assassiné.

Retourner au Liban a toujours provoqué chez moi un fort choc émotionnel. Cette fois, c'était encore plus difficile, sans doute parce que je ne me sentais pas la force nécessaire pour surmonter le chagrin de voir mon père emmené dans un cercueil. J'étais sûre que certains de ceux qui avaient contribué à sa mort seraient à son enterrement et nous présenteraient leurs condoléances. Je ne pourrais pas supporter cette hypocrisie. Après réflexion, ma mère et moi décidâmes de rester à Paris où nous organisâmes une grande messe pour tous les Libanais qui voulaient lui rendre hommage.

A Notre-Dame-du-Liban de Paris, je me tenais au premier rang, aux côtés de ma mère, de Fred et de mes cousins. Je tremblais. Derrière moi, je sentais cette foule, cet océan d'humanité brisant les murs d'un barrage, attendant de pouvoir laisser éclater sa douleur et ses larmes. Des amis, des connaissances, des inconnus, tous étaient unis par le même chagrin.

Je regardais l'autel. Dieu qui m'avait accompagnée chaque jour pendant ces trois dernières années, qui m'avait transformée, me faisant découvrir la vie à travers Ses yeux, Dieu était présent dans mon cœur ce jour-là, sa présence m'envahissait. Je sentais sa force, presque palpable. Je m'y accrochais et y trouvais mon souffle. Soudain, une image s'esquissa, comme dans un tableau impressionniste où les taches de couleur s'organisent pour former un dessin.

Tout m'avait amenée à cet instant, ma présence dans cette église, face à la mort de mon père, dernier acte de cette tragédie familiale. Toutes ces années de souffrances, d'agonie, d'angoisse, prenaient corps. Je compris que Dieu était apparu dans ma vie pour me préparer à ce qui allait suivre, pour m'aider à trouver une voie afin de surmonter l'immense douleur et la confusion qui me submergeaient aujourd'hui.

Je n'éprouvais plus de colère, comme s'il n'y avait plus de place dans mon cœur pour la haine. Ce qui venait d'arriver était terrible mais je ne ressentais que tristesse et pitié. J'étais debout derrière l'autel et parlais à cette assemblée, tout en continuant à prier Dieu pour pouvoir prononcer Ses mots, pour que Sa sagesse s'exprime à travers moi et que Sa lumière nous unisse tous. Jamais communion ne m'avait paru si forte. Nous étions tous là, représentants d'un peuple déchiré par la haine. Aujourd'hui, par la tragédie que vivait ma famille, nous étions à nouveau unis pour partager le poids de la douleur. Je sentais la force de la compassion qui émanait de ces gens et je les aimais tous, entièrement, du fond de mon cœur.

Le pays était rongé par la mort et la vengeance. Il était temps de rompre ce cercle infernal, d'apprendre à surmonter le chagrin et d'oublier la revanche. Il n'y avait plus personne sur qui se venger. Nous étions tous coupables, nous avions tous péché, nous nous étions tous blessés mutuellement.

Je n'étais pas résignée, je me sentais simplement responsable et différente. J'avais souffert autant qu'il est possible, j'avais vu toutes les horreurs qui pouvaient être commises et exprimé toute la colère dont on était capable.

Je n'accepterais plus que ces émotions empoisonnent ma vie. Je priais et espérais que nous sortirions tous meilleurs et grandis de cette épreuve de douleur et de chagrin. Certaines personnes me dirent qu'elles doutaient de l'existence de Dieu, quand elles assistaient à des tragédies comme la mort de ma famille et l'assassinat sauvage de deux enfants innocents. Moi, je n'ai jamais douté de son existence, j'ai juste compris, au cours des années, que Dieu était toujours là. Seuls ceux qui décident de s'éloigner de Lui et de Sa lumière peuvent commettre de tels crimes.

Mon propre chemin m'avait conduite au-delà de la haine. Avec le temps, les images de la mort violente de mon père s'effacèrent et il me reste aujourd'hui des souvenirs à la fois tristes et joyeux. Pourtant, je ne peux penser à lui sans pleurer silencieusement et je crois qu'il en sera toujours ainsi. Sa mort m'a profondément changée. Il est en moi, je le vois. Il est toujours vivant.

Traditionnellement, au Liban, une messe est célébrée quarante jours après la mort et je savais qu'il me faudrait y retourner pour elle. Je vins à Paris et j'attendis, avec mon oncle, que tous les détails concernant notre sécurité soient réglés avant de pouvoir partir.

Je l'avoue, j'étais terrifiée à l'idée de retourner au Liban, de séjourner dans l'appartement où ils avaient été assassinés, de voir ceux qui avaient partagé leurs derniers moments, de faire la connaissance de ma petite sœur et de régler tous les problèmes de succession. La nuit avant notre départ, j'appréhendais terriblement ce voyage.

Le Liban évoquait déjà tant d'angoisses et il fallait maintenant y ajouter l'horreur de la mort de mon père, c'était un cauchemar. Je savais que c'était mon devoir. Il fallait que quelqu'un fasse les nombreuses démarches et j'étais la seule à pouvoir les faire. Je n'avais pas le choix. Je savais aussi que cette peur m'accompagnerait toujours et qu'il me faudrait apprendre à vivre avec. Elle ne s'effacerait jamais, mieux valait m'y habituer.

Allongée sur mon lit, je priais. Je remettais ma vie à Dieu. Je savais que je ne reviendrais peut-être jamais du Liban. Peut-être ne reverrais-je jamais ma mère ni Fred. Il me fallait confier ma vie et abandonner mes craintes aux mains de Dieu. Je n'avais pas la moindre idée de ce qui m'attendait là-bas. Cette nuit-là, j'eus l'impression que ce serait mon dernier voyage. Mais j'étais en paix. C'était seulement en acceptant l'idée de ma mort que je pus avoir le courage de monter dans l'avion le lendemain.

Une fois de plus, je survolai Beyrouth avant d'atterrir. Et je me demandais combien de fois encore je survolerais ce paysage. Mon cœur battait. Cette terre, ce pays, ces gens qui m'avaient faite et à qui j'appartenais m'avaient une fois encore déchirée. A peine avions-nous atterri que la folie commença.

La piste grouillait de voitures et d'hommes en

armes. Mon oncle et moi fûmes invités à descendre les premiers. Je descendis la passerelle pour plonger dans une mer d'armes et de gens qui se bousculaient et nous poussaient vers l'avant. Quand ils commencèrent à avancer, je m'accrochai à mon oncle. Pendant tout le séjour, où que nous allions, nous avions toujours toute une armée autour de nous pour nous protéger.

Lors de ce voyage, je tins un journal. C'était pour moi la seule façon de ne pas sombrer dans la folie...

Mardi 29 novembre 1990

Voilà, je suis arrivée dans la maison où mon père a été assassiné avec Ingrid, Tarek et Julien. Je suis dans le lit de papa et j'ai mis un de ses T-shirt pour m'aider à trouver le sommeil. Je sens encore son odeur dans cette pièce, ses lunettes de lecture et son fil dentaire sont posés sur la table de nuit. Je ne peux en détacher mon regard. Je n'arrête pas de penser qu'il y a touché, que c'est à lui. J'essaie de le revoir grâce à ces petits objets insignifiants. C'est étrange, quand quelqu'un meurt, ce sont les petites choses qui nous rappellent le mieux ses habitudes et la personne elle-même.

La chambre est sombre, j'écris à la lumière d'une bougie. Il n'y a pas d'électricité. Tout le pays est plongé dans le noir. Curieusement, je me sens calme. Tout ceci est ma vie. Ce pays. Ces gens. Tant d'années. Quelle fin.

Ce soir, quand nous sommes arrivés à l'aéroport, il y avait au moins quarante hommes armés qui nous attendaient, se bousculaient et agitaient leurs armes. Il faisait déjà nuit, nous avons été escortées jusqu'à la maison par quatre voitures blindées pleines d'hommes en uniforme qui pointaient leurs armes vers les fenêtres des véhicules. Nous sommes constamment protégés par des gardes. Ils dorment dans la pièce à côté. Ils ont été envoyés par Walid, ce sont des combattants druzes. Il y en a aussi à l'étage inférieur.

Je me sens bien. Finalement, je suis contente d'être venue. Ce soir, je suis allée voir les parents d'Ingrid et ma petite sœur. C'était bon de les voir. Ils ont tant souffert dernièrement. Je suis surprise de voir combien ils arrivent à surmonter les événements. Au début, la mère d'Ingrid a eu peur que je veuille emmener Tamara avec moi. Elle a déjà perdu sa fille et ses petits-fils, Tamara est sa seule raison de vivre. Je l'ai rassurée et lui ai promis que jamais je ne ferais ça. Je n'y ai même pas pensé, ç'aurait été bien trop cruel. Je lui ai juste expliqué que je voulais que Tamara fasse vraiment partie de ma vie, d'une façon ou d'une autre. J'envisage pour l'avenir de partager les vacances et de passer plus de temps avec eux. Je l'ai donc rassurée et je l'ai sentie soulagée. Je sens bien son immense chagrin et l'enfer qu'elle est en train de vivre. J'ai assez de place dans mon cœur pour tout le monde.

Je trouve que le pays est dans un état pire que jamais. La dernière fois que je suis partie, j'avais déjà trouvé la situation grave. Mais aujourd'hui, c'est une catastrophe, le pays est à feu et à sang. Il agonise. Les maisons sont détruites, les rues dévastées. Tant de peines, tant de souffrances.

Dieu, il doit y avoir une autre façon d'être !

Vendredi 30 novembre 1990

Mon Dieu, c'est vraiment affreux de voir comment ces pauvres gens vivent. J'aimerais avoir des millions pour pouvoir les leur donner. Aujourd'hui, je suis allée à Achrafieh, dans la maison de mon père, où nous avons tous vécu. C'était très dangereux, le secteur est sous contrôle des Forces libanaises et je ne savais pas comment elles réagiraient à ma présence. La maison était poussiéreuse et sale. J'y suis allée avec Nino, le frère d'Ingrid, sa mère et Abdo, le garde du corps de mon père. Adma, la femme d'Abdo, nous a rejoints. Ils ne s'étaient pas vus depuis deux semaines et, en se retrouvant, ils commencèrent à pleurer de joie. Abdo n'avait pas voulu retourner dans cette zone depuis la mort de mon père, il pensait que c'était trop dangereux.

J'ai l'impression que tout le monde est fatigué, épuisé par les combats qui n'ont pas cessé. Ce n'est pas possible de vivre dans de telles conditions. Je crois que je ne pourrais plus jamais être la même après ce voyage.

J'ai emballé les affaires de mon père. Les souvenirs me submergeaient. Je suis partie de la maison avec deux valises, tout ce qui reste de ma famille. Quel prix j'ai dû payer dans cette vie. Je repensais à Saadiyat, mon grand-père, ma grand-mère, mon enfance, mon adolescence. Et me voilà, quittant cette maison poussiéreuse avec deux valises pleines de douloureux souvenirs. L'électricité est coupée. J'ai descendu l'escalier en traînant ces deux valises et me suis retrouvée dans la rue, en pleine lumière. J'avais l'impression d'être une réfugiée, sans domicile, perdue. Je me sens écrasée par mon héritage et par le poids des générations qui m'ont précédée. Je fais le point sur ce qu'ils m'ont légué : tout ce pour quoi mon grand-père s'est battu durant sa vie, la mort de mon père au nom de la liberté et de la souveraineté du Liban. Il va falloir que j'intègre cet héritage à ma propre vie.

Je me sens ici chez moi. Parmi ces gens, qu'ils

soient bons ou mauvais. Je n'ai plus peur, je suis calme et tranquille. Nous avons partagé tant de choses au cours de nos vies. Le destin a lié à jamais la famille d'Ingrid à la mienne. Toutes les folies de jeunesse sont loin. Il n'y a plus de place pour la colère ou le chagrin. Il ne reste que le sentiment d'une tragédie partagée.

Il n'y a toujours pas d'électricité. Je suis dans la chambre de mon père. Je viens de donner quelques-uns de ses vêtements aux jeunes gens qui sont ici. Ils pleuraient comme des enfants, ces soldats sont de grands sentimentaux! La nuit tombe. Demain, c'est la messe du souvenir et lundi, pendant que nous sommes encore là, mon oncle veut faire baptiser Tamara et les enfants d'Abdo.

Aujourd'hui, la gardienne était dans l'appartement de mon père, elle faisait le ménage. Quand elle m'a vue, elle s'est approchée en pleurant la mort de mon père et de mon grand-père. Elle était si misérable, si malheureuse et en même temps si forte. Je me suis sentie impuissante, je ne savais pas quoi faire. Je lui ai donné tout l'argent que j'avais sur moi, j'aurais aimé avoir plus. Ce n'était que 20 dollars mais elle m'a embrassée et remerciée. Tout le monde me dit : « Je vous en prie, ne nous laissez pas. Nous n'avons plus que vous. » Cela me brise le cœur. Pourtant, je ne peux pas vivre ici maintenant, mais je veux pouvoir toujours y revenir.

La vie est dure. Papa, pourquoi m'as-tu laissée ? Avec le temps, nous nous serions retrouvés. Je sais que tu m'aimes. Je trouve partout des photos de moi que tu as cachées dans tes tiroirs. Chaque fois, elles me font pleurer en me rappelant la façon dont nous avons tous les deux choisi de vivre nos vies. Je sais aussi que tu sais combien je t'aime. Hier, ils ont enlevé les éclats de balle qui s'étaient incrustés dans le sol, là où tu es tombé. Je les ai gardés. Le tapis taché de ton sang est roulé derrière le sofa et il y a une trace de sang sur la chaise. Que veux-tu que je fasse, papa ? J'espère que Dieu va continuer à me montrer le chemin à suivre.

Samedi 1er décembre 1990

La nuit dernière, je suis restée jusqu'à deux heures du matin à parler avec les gardes druzes. Ils m'ont raconté leurs souvenirs de guerre et leurs prouesses. J'étais vraiment bien en leur compagnie. Nous avons parlé des différentes batailles et de l'époque où ils se battaient contre nous et nous tiraient dessus. La conversation était en arabe et parfois j'avais du mal à comprendre leur accent druze. Ces jeunes sont vraiment bien, ils ont beaucoup de dignité.

Jusqu'à maintenant, le moment que je préfère de la journée, c'est vers 23 heures, quand tout le monde va se coucher et qu'il n'y a plus de lumière. Ce sont les seuls instants de tranquillité que j'ai. Un soir, je suis restée avec Jeannette, qui fut gouvernante chez mon grand-père puis chez mon père. C'est elle qui a ouvert la porte aux assassins. Elle est aussi la première à avoir découvert le carnage et à appeler les secours. Elle est hantée par ces images. Elle ne peut retrouver la paix. Je ne sais pas comment on peut survivre après de telles visions d'horreur.

La maison ne désemplit pas de la journée. Quand je me lève le matin, il y a déjà au moins une vingtaine de personnes qui errent. Exactement comme autrefois. Rien n'a changé. C'est un flux constant, aucune intimité. Cet après-midi, j'ai rencontré le nouvel ambassadeur des États-Unis, qui vient d'être nommé. C'était une visite de courtoisie, je l'ai beaucoup apprécié. Je voulais qu'il aide Abdo et sa famille à obtenir un visa pour les États-Unis; il m'a promis qu'il ferait de son mieux. La vie est dure pour Abdo depuis que mon père est mort. Depuis l'âge de quinze ans, il l'a fidèlement servi et, en un sens, il n'est pas préparé à autre chose.

Aujourd'hui, nous avons rencontré pour la première fois nos conseillers juridiques. Nino, un avocat et moi, sommes les tuteurs de Tamara. C'est bien, je veux juste avoir une place dans sa vie. Pour la protéger. Ce soir, je suis complètement épuisée. J'ai beaucoup saigné du nez dans la journée et je ne me sens pas bien. Depuis deux semaines, je traîne un rhume et le voyage n'a pas arrangé mes sinus.

Dimanche 2 décembre 1990

Ce soir, mon oncle et moi sommes invités par Walid Joumblatt. Nous sommes logés dans sa superbe maison à Mukhtara, vieille demeure libanaise qu'il a restaurée. Le lieu est magnifique.

La journée a été dure, j'ai dû faire mes adieux à tous. Jeannette pleurait, moi aussi. Tant que j'étais dans l'appartement, entourée de ses affaires et de ses amis, mon père était encore si présent. Partir, c'est accepter que tout est vraiment fini.

Aujourd'hui, nous avons baptisé Tamara; c'était une belle cérémonie. J'avais une impression de continuité. La vie continue et Tamara incarne ce nouveau souffle. Après, mon oncle et moi sommes partis dans les montagnes du Chouf, pour voir Walid et visiter notre village de Deir El Kamar où mon père et ma famille sont enterrés. Nous avons gardé la voiture devant le cimetière et avons monté l'escalier de pierre escarpé jusqu'au caveau familial. Il faisait froid et tout était désolé. Je me sentais très proche de mon oncle. Le poids de la famille pesait sur nous et nous le savions tous les deux. Je me suis agenouillée devant la tombe, j'avais du mal à imaginer que mon père était à l'intérieur. L'endroit est si sombre et si hostile, lui qui a toujours été si vivant et lumineux. Nous sommes partis, malheureux et solitaires, laissant tous ceux que nous aimions derrière nous pour la dernière fois.

Deir El Kamar est un village au sud du Liban, niché dans les terrasses d'une montagne rocailleuse, surplombant la Méditerranée. Deir El Kamar signifie « monastère de la lune ». Mon grand-père Camille y est né le 3 avril 1900. A l'époque du Traité international de 1861, Deir El Kamar était la capitale libanaise. Le village attirait des écrivains, des poètes, des artistes, des fonctionnaires et, bientôt, toutes les grandes familles s'y installèrent. Un conseil des sages, composé de Druzes et de Chrétiens, se réunissait régulièrement à l'église Notre-Dame de Talle pour y traiter les affaires locales. Cette église est considérée comme miraculeuse.

Quand j'étais écolière, je me souviens d'avoir lu une courte histoire dans mon livre d'arabe, qui racontait le retour d'un immigré dans son village libanais. Il était le dernier membre de sa famille. Il restait debout devant la porte de sa maison en haut de la colline, et regardait la mer. Cette image m'a marquée et je m'en suis souvenue pendant des années. Aujourd'hui je suis comme l'homme de cette histoire, devant la porte de la maison que je viens d'hériter de mon père. Elle est située en haut de la colline de Deir El Kamar et surplombe la sublime mer Méditerranée. J'ai l'impression

AU NOM DU PÈRE

d'être un spectateur, condamné par le destin à porter le poids de son hérédité, revenant à la maison après un très long voyage à l'étranger, un voyage dans le temps et l'espace, un voyage loin de mon pays et de moi-même.

Vendredi 7 décembre 1990

Je suis dans l'avion vers Washington. Je suis épuisée, ma bronchite a eu raison de moi. J'ai du mal à respirer. Les larmes s'étouffent dans ma gorge et ma poitrine se soulève cherchant l'air. Je suis obligée de demander de l'oxygène au stewart avant d'atterrir. Je rentre chez moi, ma vie sera différente. Je suis triste que la période de deuil soit terminée. En fait, je n'ai pas envie de revenir à la « normale » car cela sous-entend que j'accepterai la réalité de sa mort et que je dois continuer sans lui.

Pour la première fois depuis que le téléphone a sonné à 4 heures du matin, il y a déjà deux mois, j'ai l'impression que l'épreuve est terminée. Ça va être difficile de se réadapter à la vie de tous les jours. Je me demande ce que la vie me réserve encore. J'ai rencontré tant de gens, approché tant de vies différentes. Après l'émission de télévision que j'ai faite avec le Cardinal-Archevêque de Paris, j'ai reçu un abondant courrier et de nombreux appels téléphoniques de gens qui me témoignaient leur gratitude et leur confiance. Dans leurs lettres, ils me racontent leur propre itinéraire spirituel, ils me confient leurs angoisses et leurs espoirs.

La vie est étrange. Dieu, tu mènes ton œuvre mystérieusement.

Je crois que ce voyage à Beyrouth est l'une des

plus dures épreuves de ma vie. Je me suis livrée à Dieu. J'ai dû accepter la mort. Le voyage en lui-même a été riche en émotions et en échanges. Je crois que la vie s'occupe d'elle-même. Il nous faut simplement faire confiance à son cheminement, quel qu'il soit. A Beyrouth, c'était vraiment dur. Il n'y avait pas de douceur. Il m'a vraiment fallu user de toute mon énergie pour rester sereine. Maintenant, j'ai de nouveau besoin de tendresse dans ma vie. Pour la première fois, lors de ce voyage au Liban, je ne me suis pas laissé prendre au jeu. J'ai réussi à rester détachée tout en étant à la fois présente et consciente. J'ai compris que l'inconscience implique le besoin d'entrer dans le jeu. Une fois de plus emportée par l'intensité et la fureur de la vie, j'espère que je réussirai à maintenir cette sérénité.

Ce voyage fut à la fois rempli de brutalité et de douceur, de violence et d'attentions. J'ai l'impression d'avoir tellement à apprendre et à voir. Une nouvelle voie s'ouvre devant moi et, même si j'ignore où elle mène, je sais qu'elle sera différente. Je veux écrire un livre. Il racontera mon itinéraire spirituel, la découverte, le pardon, l'expiation, mon naufrage et mon humble découverte du Divin et de la Grâce. Je veux parler de l'ego et de la transparence, de la peur et de ce qu'il y a au-delà, du courage et de la foi, de la lutte contre la vie et de la confiance en elle.

Mon Dieu, que me réserves-tu encore ? Quelles leçons dois-je encore recevoir ! Tu m'accompagnes au bord du gouffre, puis tu me fais découvrir les plus hauts sommets. Tu m'emmènes où tu veux pour que je puisse te reconnaître et savoir que sans ton Amour, je ne suis rien.

Lorsque j'étais à Beyrouth, chaque nuit j'observais la lune. Elle irradiait, éclairant la ville de sa lueur mystérieuse même aux heures les plus noires. Si seulement les hommes détournaient leurs regards de la destruction et levaient les yeux vers les cieux, ils sauraient que Dieu est partout autour d'eux et ils comprendraient qu'ils ne sont pas seuls. En regardant la lune à travers ma fenêtre, j'imaginais que de n'importe quel endroit du monde je pourrais la voir ainsi. Et je pensais : comment le monde peut-il être si divisé et si désuni alors que nous partageons tous la même lune aussi belle ?

VII

J'étais à Washington pour le Nouvel An. Je pensais à mon père et je pleurais. Je regardais la télévision et voyais les foules jubiler. Je n'avais pas envie de me réjouir. Ma famille avait été assassinée et le monde était au bord d'une guerre. Le gouvernement Bush se préparait à une solution violente avec l'Irak. J'étais lasse et déprimée à l'idée que les gens ne comprendraient jamais que la guerre n'est pas une solution pour résoudre un conflit. Je trouvais ignoble qu'une guerre puisse être déclenchée par pure obstination. J'étais outrée qu'une poignée de gens puisse prendre des décisions qui affecteraient la vie de millions d'autres.

Les stratèges du Pentagone, le nez sur leurs cartes, comparant les forces en puissances, prennent des décisions qui ne sont rien d'autre que pragmatiques. Mais ils oublient le caractère humain du problème en termes de souffrances, peines, confusion et pertes. Le massacre de ma famille n'est qu'une répercussion de la guerre du Golfe. Quand le gouvernement américain s'allia avec la Syrie et décida de fermer les yeux sur l'invasion syrienne au Liban, ma famille fut tuée. Mais quelle importance pour les experts du Pentagone ? Aucune. Ce n'était qu'un sanglant massacre de plus dans l'histoire tourmentée de mon pays détruit. Un nombre incalculable de gens ont souffert pendant la guerre du Golfe. Des économies entières et la vie de millions de personnes, prises dans l'engrenage, ont été bouleversées. Pourquoi? Pour que l'Occident puisse préserver un contrôle stratégique sur les ressources mondiales de pétrole.

Toute la région a souffert. Des désastres écologiques sont survenus, la famine, les épidémies... les souffrances sont légion. Je maintiens qu'il aurait été possible de résoudre le conflit autrement mais il aurait fallu une réelle volonté de le résoudre.

Pendant cette guerre du Golfe, il ne fut jamais question de mettre fin au différend autrement que par la violence. Parce que, au cœur des décisions, la volonté de détruire le pouvoir et la machine de guerre de Saddam Hussein pesait très lourd.

Les méthodes fortes employées pour résoudre un conflit ont toujours engendré une dynamique de violence. Je suis convaincue que tous nos actes sont liés. Ce n'est que lorsque nous compartimentons le monde et le divisons que nous pouvons croire que nos actions sont limitées et isolées.

La région du Moyen-Orient, par exemple, quarante ans après la fin de la Seconde Guerre mondiale, souffre encore des excès d'un seul homme, Adolf Hitler. Après l'Holocauste, Israël fut créé et les Palestiniens durent s'exiler. Ainsi, les crimes hitlériens résonnent encore aujourd'hui et continueront jusqu'à ce que nous soyons enfin capables de briser le cercle infernal de la violence et de la dépossession.

C'est pourquoi je pense qu'il est si important de restituer nos choix et nos décisions dans un contexte plus large, et de les considérer comme intrinsèquement liés à leurs conséquences d'une façon plus *causale*. Il n'y a que sur nous-mêmes que nous puissions exercer un contrôle. En pesant nos intentions, nos mots et nos actions, nous pouvons agir de façon conséquente et obtenir les résultats que nous souhaitons.

Pour se comporter dans le monde différemment et de façon responsable, il faut modifier profondément la perception que nous avons de nous-mêmes. Le regard que nous portons sur notre être est essentiel : non seulement il conditionne la majeure partie de notre vie mais il détermine notre vision de la réalité. Souvent, notre façon d'agir renforce notre perception de nous-mêmes. Nous choisissons de nous considérer comme un individu détaché et distinct du reste du monde. Notre réponse au monde est « Je » suis là et le monde, « Lui », est « à côté ». Nous vivons alors à travers ce « Je » sous la forme de notre « ego ».

Nous nous détachons des autres êtres vivants. Nous oublions le concept de l'universalité et notre vrai « moi », ce « moi » qui est un reflet de Dieu et qui fait union avec toute chose.

De plus, pour affirmer notre individualité, nous nous focalisons sur les différences. C'est ainsi que le Liban s'est divisé. D'un seul coup, les différents groupes et sectes ont mis l'accent sur tout ce qui les séparait. Ils perdirent l'essence de la société.

Malheureusement, lorsque nous nous définissons par rapport à des entités extérieures, que ce soit les autres, notre travail, notre communauté, la perception que nous avons alors de notre identité, la seule identité que nous nous reconnaissions devient alors le plus précieux des biens. Sans elle, notre ego cesse d'exister.

Mais cette perception dérivée de notre ego est aussi éphémère que les expériences qui la définissent. Il nous faut l'entretenir et la protéger. Nous en arrivons à des extrémités pour la protéger. L'essentiel de notre activité humaine consiste à affirmer et défendre notre identité. Nous avons besoin que les autres reconnaissent et affirment notre existence. Bien souvent, nous nous donnons beaucoup de mal pour y parvenir. La vie devient alors une quête de l'affirmation de notre identité. En même temps, nous sommes plus vulnérables aux blessures émotionnelles, car notre ego est très fragile. Il est rare qu'un événement lui paraisse neutre, tout ce qui ne le renforce pas, le menace. Cette connaissance fragile de ce que nous sommes vraiment nous conduit à vivre toutes les expériences négatives à travers des mécanismes de défense, tels que la justification, l'entêtement et la vengeance. Ce sont ces méthodes que l'ego blessé utilise pour retrouver sa vigueur.

Pour affirmer notre identité, nous utilisons le plus souvent la force et nous l'exerçons sur les autres. Parfois aussi, nous accumulons les biens, en mal de reconnaissance. Les titres, l'argent, les armes sont les symboles du pouvoir. Le Liban les a toujours eus à profusion. Le pouvoir attaché au nom de quelques familles, le pouvoir acheté grâce aux butins de guerre, le pouvoir obtenu par les armes. Et plus ce pouvoir a été obtenu par la force, plus nous craignons de le perdre.

Notre identité s'exprime aussi à travers nos opinions et nos croyances, que nous sommes prêts à défendre à tout prix. Cette attitude a eu pour conséquence les guerres les plus sanglantes et les plus cruelles. En fait, la destruction du Liban est l'un des exemples les plus flagrants de la volonté humaine de défendre ses opinions jusqu'à la mort.

Aujourd'hui le Liban est fragmenté, mis à sac. La

nation est violée parce que nous n'avons pas vu combien notre comportement, égoïste et batailleur, nous divisait. Désunis par notre folle course au pouvoir, nous sommes devenus la proie de nations plus puissantes et plus ambitieuses.

Aujourd'hui, après ces années de lutte, j'ai compris que la vie est un véritable miracle, que Dieu nous l'a offerte. En acceptant cela, j'ai pu mieux comprendre le sens de notre évolution.

Mais pour ce faire, j'ai dû modifier profondément mon modèle de pensée. J'ai dû me considérer comme un élément d'un tout plus large, une entité appartenant à la conscience humaine et universelle, comme des êtres responsables de par nos choix et nos actes.

Notre ego nous indique que nous sommes seuls au monde. Mais dans une conception plus large et plus évoluée de notre personne, nous comprenons que nous ne sommes jamais seuls, que Dieu est partout et que le miracle de la création nous entoure et nous enveloppe, que nous en faisons partie. Dès que j'ai envisagé ma vie à partir de cette perspective plus large et plus ouverte, j'ai pu considérer le monde et la vie comme un lieu d'apprentissage où tous les événements, tristesse, disparition, joie, bonheur, sont des expériences dont nous devons tirer les leçons pour devenir des êtres lumineux et pacifiques.

Nous souffrons seulement si nous ne réussissons pas à sortir de nous-mêmes. Si nous prenons conscience que nous sommes liés au reste des choses, nous pouvons alors mesurer comme notre chance est grande. La douleur et la peine existeront toujours, elles sont inhérentes à la vie et à l'apprentissage de notre espèce.

Si nous regardons nos vies autrement, en considérant toute expérience comme une plate-forme à partir de laquelle nous grandissons et nous nous épanouissons, nous commençons à distinguer entre le chemin de notre ego et celui de notre âme.

La foi chrétienne nous enseigne que Dieu a créé l'homme à son image et à sa ressemblance. Nous atteignons Dieu par la Grâce. Être à l'image et à la ressemblance de Dieu implique la participation à l'Être Divin, une communion avec Dieu et Sa voie.

Nous pouvons choisir entre nous approcher de Dieu ou nous éloigner de Lui. En ce sens, la vie se compose de nos choix et des intentions qui s'y cachent, la vérité ou le mensonge. Notre choix nous est-il dicté par notre conscience ou n'est-il qu'un compromis pour une satisfaction immédiate ? Pour vivre de façon responsable, il faut sans cesse faire cette distinction.

La décadence de la nature humaine est une conséquence directe de notre libre arbitre. Elle ne l'est que parce que nous l'avons voulue et que nous nous sommes délibérément placés dans cette situation.

Et cette décadence conduit à la privation de la Grâce. Nous faisons obstacle à notre faculté de communier avec Dieu et fermons la porte par laquelle la Grâce, à travers nous, peut s'infiltrer dans la vie.

Comme le dit Saint Grégoire de Nysse « La liberté est en fait la condition nécessaire pour atteindre la parfaite assimilation à Dieu ».

C'est en utilisant cette liberté que nous exprimons notre volonté. Ainsi, la tentation n'est pas mauvaise en soi puisqu'elle nous permet d'exprimer notre choix.

Le seul moyen que j'ai trouvé pour combler le vide spirituel fut la conscience, l'authenticité et la responsabilité. Ces motivations doivent être les guides spirituels de notre quotidien. Notre choix est-il juste et honnête ?

Pourrons-nous nous y tenir et prendre nos responsabilités quant à ses répercussions ? Si nous pensons faire partie d'un tout et si nous reconnaissons que la vie est un processus continu, nous devons alors admettre que chacun de nos actes génère une réaction contraire équivalente et qu'il est une pierre à l'édifice de notre avenir. Nous ne pouvons nous réfugier dans l'indifférence. Il n'existe pas de « non-choix ». C'est en soi une manifestation de la vie. Il nous faut donc vivre en pleine conscience et savoir que le moindre de nos actes compte.

Aujourd'hui je crois que la vraie évolution de notre espèce et de l'individu lui-même est un développement spirituel, un processus de Déification, dans lequel l'humanité tend vers Dieu, vers la conscience spirituelle afin que chacun devienne un être humain, meilleur, plus sage et plus aimant.

Je dois avouer qu'avoir décidé d'accorder ma vie avec Dieu m'a demandé un réel engagement. Au cours des années, j'ai découvert que cette réticence à réfléchir sur nous-mêmes et à prendre les mesures nécessaires pour grandir spirituellement trouve ses racines dans la peur du changement, et donc la peur de perdre ce qui nous entoure. Souvent nous sommes prêts à tout pour le confort, pour éviter toute tristesse, même si finalement notre vie est médiocre et sans évolution. Malheureusement, le changement implique beaucoup d'efforts et il est donc plus aisé de ne pas le provoquer et de s'en tenir à un *statu quo*.

Pourtant, mon intuition et mon expérience me permettent d'affirmer que, dès le premier pas que nous faisons pour changer notre vie et dès les premiers efforts pour y parvenir, nous en sommes mille fois récompensés. La Grâce pénètre alors dans notre vie et nous aide à accomplir cette transformation.

La plus grande leçon que j'ai tirée de ma vie a été d'apprendre à dompter ma volonté et à faire confiance à la vie. J'ai enfin compris que notre vie se situe dans un contexte plus large que celui de notre petite existence. J'ai finalement appris que nous appartenons tous à un Tout dont chacun de nous n'est qu'un élément.

Grâce à la Foi, j'ai appris à laisser les choses aller, à me soulager de ce besoin de maîtriser mon passé et mon avenir et à être et vivre pleinement dans le présent. Nous ressentons le besoin de maîtriser le cours de notre vie. Il n'y a rien à maîtriser, tout est en devenir. Il faut renoncer à la peur et vivre en étant autant que possible sans cesse conscients de nos actes et responsables de nos choix. Nous avons tous le pouvoir de distinguer le bien du mal et la faculté de choisir entre eux.

Pour sortir de l'obscurité que j'avais créée autour de moi, j'ai dû renoncer à ce « moi » que j'avais voulu et l'abandonner aux mains de Dieu. J'ai abandonné tout désir et tout espoir avant de pouvoir être sauvée. Après des années d'enfer et d'efforts, aujourd'hui je peux dire que j'ai été touchée et ramenée à la vie par l'Amour, la Bonté et la Grâce de Dieu.

Au long de ce chemin que j'ai suivi, j'ai appris que l'essentiel est la voie vers Dieu, l'Amour et la Paix et non le résultat final. Au quotidien, seuls comptent mon comportement et ma conduite. La vérité et l'intégrité doivent précéder tout effort. Les gestes exprimés et les pensées partagées avec les autres au cours de ce voyage sont beaucoup plus importants que la destination elle-même.

J'ai pu continuer à vivre le jour où j'ai été capable de comprendre que j'étais bénie. Aujourd'hui, je me sens à jamais transformée et je sais que je ne pourrais jamais plus vivre comme avant. Je me retourne sur mon passé et regarde toutes les difficultés, les peines, les horreurs et les souffrances et je sais que j'ai reçu un merveilleux cadeau. Peu importe les peines à venir, je sais que Dieu est près de moi et mon passage sur cette terre en tant qu'être humain est guidé par cette conviction, cette conviction qui est en telle harmonie avec mon âme qu'elle ne peut être que juste. J'ai aussi compris que ma mission était de chercher à m'approcher toujours plus près de Dieu en marchant dans Sa Lumière.

Jusqu'à ce que, enfin, par ma conduite et mes résultats, je puisse le remercier en lui donnant ma vie en retour.

Remerciements

Je voudrais remercier Fred, mon mari, qui a passé des heures innombrables à lire ce texte et à me consoler dans les moments difficiles, Pia Daix et Sophie Roux qui ont passé des journées entières avec mon manuscrit et qui ont eu le courage et la patience de partager mes pensées, mes joies et ma tristesse.

Je voudrais aussi remercier tous mes amis de Discovery Channel qui m'ont soutenue et m'ont permis d'écrire ce livre, en particulier la présidente, Ruth Otte, sans qui je ne serais pas aux États-Unis, mariée à Fred, Judith McHale, ma confidente et grande amie, et John Hendricks, mon patron généreux et brillant. Enfin, je remercie tous mes amis qui ont lu le manuscrit et ont partagé mes larmes à la mort de ma famille.

Je voudrais remercier également du fond du cœur mon avocat Maître Moussa Raphael qui m'a offert sa tutelle et sa protection après la mort de mon père et le père Dominique Ashkar qui m'a préparée à ma première communion et a célébré mon mariage l'an dernier à Washington.

*Cet ouvrage a été reproduit
par procédé photomécanique
par la SOCIÉTÉ NOUVELLE FIRMIN-DIDOT
Mesnil-sur-l'Estrée
pour le compte des Éditions Lattès
en juin 1992*

Imprimé en France
Dépôt légal : avril 1992
N° d'édition : 92116 – N° d'impression : 21165